रेडियो कोसी

[उपन्यास]

रेडियो कोसी

पुष्यमित्र

सार्थक
राजकमल प्रकाशन का उपक्रम

ISBN : 978-93-95737-42-5

मूल्य : ₹199

पहला संस्करण : 2022
दूसरा संस्करण : 2024

सार्थक राजकमल प्रकाशन का उपक्रम

प्रकाशक
राजकमल प्रकाशन प्रा.लि.
1-बी, नेताजी सुभाष मार्ग, दरियागंज
नई दिल्ली-110 002

शाखाएँ
अशोक राजपथ, साइंस कॉलेज के सामने, पटना-800 006
पहली मंज़िल, दरबारी बिल्डिंग, महात्मा गांधी मार्ग, प्रयागराज-211 001
1, अनमोल सोराबजी संतुक लेन, धोबी तलाव, मरीन लाइंस, मुम्बई-400 002

वेबसाइट : www.rajkamalprakashan.com
ई-मेल : info@rajkamalprakashan.com

मुद्रक
विकास कंप्यूटर एंड प्रिंटर्स
ट्रॉनिका सिटी-201 102

RADIO KOSI
Novel by Pushyamitra

कोसी के पेट में रहनेवाले लाखों
जीवट लोगों के नाम

क्रम

कोसी

1

उस रोज अनिरुद्ध की सुबह अहले सुबह ही हो गई थी—सूरज की पहली किरण आने से भी काफी पहले, जब चिड़ियों ने चहचहाना शुरू किया था। पड़ोस के आँगन में रेडियो पर सद्गुरु महाराज का भजन लहरा-लहरा कर बज रहा था :

स...ब...स...न...त...न...जी...की...बड़ी...बलि...हा...री...

'रेडियो कोसी' पर ही बज रहा होगा। यहाँ भला कौन दूसरा स्टेशन कैच करेगा? कैच करेगा भी तो कोसी के लोकल संत मेंहीं दास का भजन थोड़े ही बजाएगा! अनिरुद्ध का सुना हुआ भजन था। तब वे छोटे थे। हर सुबह ब्रह्म-मुहूर्त में कोसी इलाके के मशहूर संत महर्षि मेंहीं दास के अनुयायी मोटी भर्राई आवाज में इसे विलम्बित लय में गाते और हारमोनियम वादक सबसे मोटे वाले 'साऽऽ' से बजाना शुरू करते। जब यह भजन उनके छोटे-से कस्बे सिंहेश्वर की वादियों में गूँजता, तभी सुबह की आहट मिलती। परीक्षा के दिनों में इसी भजन को सुनकर दूसरे बच्चों की तरह वे भी भोरउआ (ब्रह्म-मुहूर्त) में पढ़ने के लिए उठते थे। आज जब उसी भजन को सुनकर आँखें खुलीं तो दिमाग पर नॉस्टेल्जिया छाने लगा।

अनिरुद्ध नॉस्टेल्जिया में फँस जाने के लिए मशहूर थे। उनके दोस्त और दूसरे रिपोर्टर साथी उस वक्त बोर हो जाते थे, जब वे सिंहेश्वर में गुजरे बचपन की कहानी सुनाने लगते थे। बिहार के कोसी अंचल में मधेपुरा जिले का एक कस्बा है सिंहेश्वर। कहा जाता है कि वहाँ कभी ऋषि श्रृंग का आश्रम हुआ करता था। आज श्रृंगेश्वर महादेव का विशाल मन्दिर है, जहाँ आस-पास के कई जिलों से लोग शादी, ब्याह, मुंडन या कोई और तीर्थ करने आते हैं। साल में एक बार वहाँ बड़ा मेला भी लगता है।

सिंहेश्वर से यह जगह 60-70 किमी. दूर है। हालाँकि अगर हाइवे का बढ़िया रास्ता हो तो यह दूरी घंटे भर में तय हो सकती है। मगर यह इलाका कुछ अलग था, इतना अलग कि कल यहाँ पहुँचते-पहुँचते अँधेरा हो गया था। थके-हारे अनिरुद्ध ने पहले ही अपने मेजबान प्रह्लाद से कह दिया था, जो कुछ बना होगा, खिला देना। आज अब सोने के सिवा दूसरा काम नहीं हो पाएगा। प्रह्लाद ने दरवाजे पर बने मचान पर उनका बिस्तर लगा दिया और आठ बजते-बजते उनका खर्राटा बजने लगा। तभी इतनी सुबह जागना हो सका था, नहीं तो अनिरुद्ध तो दिल्ली जाकर अठबजिया गाड़ी हो गए थे।

यह 2008 की बात है, जब अनिरुद्ध को कोसी में आई भीषण बाढ़ की रिपोर्टिंग करने के लिए उनके चैनल वालों ने दिल्ली से बिहार भेजा था। अब तक देश के दूसरे इलाकों में घूम-घूमकर जमीनी रिपोर्टिंग करनेवाले अनिरुद्ध पहली दफा अपने इलाके की ग्राउंड रिपोर्ट करने पहुँचे थे। उस जमाने में जब न्यूज चैनलों में भूत-प्रेत, नागिन और सँपेरों की स्टोरी दिखाकर टीआरपी बटोरने की होड़ रहती थी, अनिरुद्ध की ग्राउंड रिपोर्टिंग की अलग ही पहचान थी। टीवी न्यूज रिपोर्टरों के बीच उनका नाम बड़े सम्मान के साथ लिया जाता था। वे देश के अलग-अलग इलाकों में जाते, लोगों से उनकी समस्याओं के बारे में बातें करते और

दुनिया को भारत के विविध रंगों से परिचित कराते—किसी साहित्यिक रिपोर्ताज की तरह। मगर कभी उन्हें अपने इलाके, कोसी के इलाके में आने का मौका नहीं मिला था।

कोसी का इलाका। दुनिया की विद्रोहिणी नदियों में से एक की बसाई दुनिया। सदियों से हर बारिश में हिमालय पहाड़ को खखोर-खखोरकर कोसी नदी ढेर सारी मिट्टी लाती और यहाँ पसार कर देती। यह पसार आठ जिलों में फैल गया था और अब उस पसार पर लाखों लोग रहते हैं, जैसे-तैसे। कभी यह ज्ञानियों की धरती थी, अब इसे देश का सबसे पिछड़ा इलाका कहा जाता है। अनिरुद्ध चाहते थे कि किसी रोज इस इलाके की कहानी भी दुनिया को सुनाएँ। कथा तो उनके अन्दर जिन्दा थी, मगर प्रसंग नहीं बन पा रहा था।

मगर 2008 के अगस्त के आखिरी दिनों में जब उनकी माँ ने सिंहेश्वर से फोन किया, "रे बाबू, लगता है, प्रलय आ गया। चारों तरफ इतना पानी है कि बुझाता है, हम लोगों का घर समुद्र के बीच में हेल रहा है। कुछ करो।" वे यहाँ कुछ करने ही आए थे, बूढ़े माता-पिता को सुरक्षित ठिकाने पर ले जाने। मगर उन्हें अपने चैनल से इस काम के लिए छुट्टी नहीं मिली। बता दिया गया कि अब उनकी अगली ड्यूटी उसी इलाके में है। कहा गया, पहले माता-पिता को सुरक्षित जगह पर पहुँचा दो, फिर कोसी की बाढ़ की रिपोर्टिंग करो।

यहाँ आकर उन्हें पता चला कि इस बार विद्रोहिणी कोसी ने सरकार बहादुर के बनाए तटबन्ध को तोड़ दिया है और पूरी की पूरी नदी अपने पुराने रास्ते को छोड़कर नये इलाके में बहने लगी है। वह नया इलाका जहाँ बस्तियाँ हैं, खेत हैं, और लोग-बाग रह रहे हैं। अचानक लाखों लोगों ने पाया कि उनके घर के आस-पास से एक भरी-पूरी नदी बहने लगी है। वह उनके मकानों के अस्थि-पंजर को हिला रही है। यह बाढ़ नहीं थी, यह कोसी नदी की बगावत थी। 54 साल तक सरकार ने उसे

तटबन्धों के पिंजरे में कैद कर रखा था, अब इस नदी ने पिंजरा तोड़ दिया था। इस इलाके के पाँच जिलों पर इस तबाही का असर दिखा। 993 गाँव इस नई धारा के आगोश में डूब गए। लाखों लोगों को बेघर होना पड़ा। दहशत इतनी थी कि जो उस तबाही के बीच से निकला, उसने कोसी का इलाका ही छोड़ दिया। एक पीड़ित ने तो गंगा नदी पार कर सीधे उस मन्दार पर्वत पर अपना डेरा जमा लिया, जो उस इलाके की सबसे ऊँची जगह थी। डेढ़ सौ किमी. दूर खड़े उस पहाड़ की पहचान देव और असुरों द्वारा किए गए समुद्र-मंथन से की जाती है, जहाँ देवताओं ने अमृत पर कब्जा कर लिया था और शिव को विष का पान करना पड़ा था।

कोसी के इलाके में उन्होंने दो महीने तक लगातार रिपोर्टिंग की और बेघर और तबाह हो गए लाखों लोगों के दुखों का उन्होंने बड़ा सजीव वर्णन किया था। इस दौरान उनके लिए कोसी नदी ही सब कुछ हो गई थी—कोसी की बाढ़, कोसी के लोग, रिलीफ कमेटियाँ, रिलीफ कैम्प, किस्से-कहानियाँ-गीत, कोसी का इतिहास-भूगोल, फैसले और अटके फैसले। रोज कोसी की कहानी गढ़ना और सुनाना जो पड़ता था। वे इस दौरान एक रिलीफ कैम्प से दूसरे रिलीफ कैम्प में भटका करते थे। उसी दौरान बेलही घाट के कैम्प के बाहर उनकी मुलाकात प्रह्लाद से हुई थी, जो 'रेडियो कोसी' के लिए रिपोर्टिंग करने वहाँ पहुँचा था।

उसी ने पहली बार अनिरुद्ध को कोसी नदी पर बने तटबन्ध और दो तटबन्धों के बीच फँसी दुनिया के बारे में विस्तार से बताया था। और, यह सब सुनकर अनिरुद्ध हैरत में पड़ गए कि उनके घर के इतने करीब एक ऐसी दुनिया है, जिसे देखकर लोगों को आज भी 'दो बीघा जमीन' फिल्म की दुनिया याद आ जाती है और उन्हें इस बारे में कुछ पता ही नहीं। वे इतने एक्साइटेड हुए कि चल पड़े बाँध के अन्दर की दुनिया देखने और पूरी दुनिया को उसकी कहानी सुनाने।

वैसे तो अनिरुद्ध दो महीने से नाव और बोट पर ही घूम रहे थे, मगर बीते कल की यात्रा उन तमाम दूसरी यात्राओं से अलग थी। पहली बार वे कोसी नदी की स्वाभाविक धारा की सवारी कर रहे थे। यह वही नदी थी जो पिछले 50 साल से उनके पड़ोस में जेल के कैदी की तरह जीवन गुजार रही थी। पहली बार उन्होंने कोसी के पानी का साफ-स्वाभाविक रंग देखा था। उसके बहाव में छह माह पुरानी उग्रता का कोई निशान नजर नहीं आ रहा था। अनिरुद्ध देख रहे थे एक अलसाई नदी को, जो चुपचाप बहे जा रही है।

2

मचान से उतरकर उन्होंने आकाश का जायजा लिया। चार-पाँच तारे अभी तक ऑन ड्यूटी थे, जैसे न्यूज बुलेटिन खत्म हो गया हो और स्ट्रिप चल रही हो! अँधेरा पूरी तरह छँटा नहीं था। हवा गें हल्की सिहरन थी। दरवाजे पर लगे हैंडपम्प से मुँह पर छींटा मारा और सोचने लगे कि अब क्या किया जाए? इच्छा हुई कि क्यों न प्रह्लाद के रेडियो स्टेशन का मुआयना कर लिया जाए! किधर होगा, यह अनुमान लगाने के लिए इधर-उधर नजर दौड़ाने लगे।

पिछवाड़े में एक झोंपड़ी दिख रही थी जिसके छप्पर पर कई तरह के एंटीना और तार के झाड़-झंखाड़ लगे थे। वही होगा। अनिरुद्ध उधर ही बढ़ गए।

वहाँ एक अजीबोगरीब नजारा चौंका देने के लिए उनका इन्तजार कर रहा था। 25-26 साल की एक नवयुवती, एक हाथ में कोर्डलेस माइक लिये कुछ बोलती और दूसरे हाथ से आँगन में झाड़ू लगा रही थी। अद्‌भुत!—उनके मुँह से यह कमेंट निकलते-निकलते रह गया। तो

ऐसी है, प्रह्लाद के 'रेडियो कोसी' की रेडियो जॉकी! दबे कदमों से तेजी से लौटे और कैमरा ऑन कर दुबारा आ पहुँचे। नारी छवि मैथिली में अपने श्रोताओं से बतियाने में बिजी थी। इधर, टाट की आड़ में छुपे अनिरुद्ध उसकी कारगुजारियों की चलन्त छवियों को कैद करने में जुटे थे। रेडियो जॉकी झाड़ू बुहारते-बुहारते दरवाजे की ओर बढ़ने लगी। स्टिंग ऑपरेशन में जुटे अनिरुद्ध को लगा, अब खिसकने में ही भलाई है।

अब वे दुआर (द्वार) से बाहर निकल आए थे, सड़क पर थे। हालाँकि कहना तो यह चाहिए था कि दुआर से उतरकर सड़क पर आ गए थे—ठीक वैसे ही, जैसे दिल्ली में किसी शॉपिंग मॉल से उतरकर जमीन पर आते थे। दुआर सड़क से कम-से-कम पाँच फीट ऊँचा जरूर रहा होगा। आस-पास के दूसरे घरों की भी यही कहानी थी। लोग सीढ़ियों से उतरकर सड़क पर आते थे। हर साल आनेवाली बाढ़ से बचने के लिए लोगों ने घरों को ऊँचा करवा लिया होगा। इस तरह बाढ़ का पानी घर तक आसानी से नहीं पहुँचता होगा, रास्ते से बहकर निकल जाता होगा। अब अनिरुद्ध स्टिंग ऑपरेशन करनेवाले रिपोर्टर की भूमिका छोड़कर रोविंग रिपोर्टर बन चुके थे।

धीरे-धीरे उनके कदम आगे बढ़ने लगे। कैमरा चालू था। अनजान इलाके में अकेले घूमने का अलग ही अनुभव होता है।

सारे घर फूस के ही थे। बड़ा-बड़ा दलान, हर दलान पर गाय, बैल और भैंस और घोड़े भी।

कुछ ही दूर जाने पर खेत शुरू हो गए। उन्होंने आर (खेतों की पगडंडी) पकड़ ली। पौधों पर पसरा ओस उनके पैरों पर झड़ रहा था। मन में हुलस (उत्साह) जाग गया था। पैरों में पंख लग गए थे। कुछ ही देर में खेत भी खत्म हो गए और अब सामने कोसी थी।

एक विस्तृत जलसमूह—उछलता-कूदता, जैसे अँगड़ाई लेती एक स्वाभिमानी स्त्री! उन्हें लगा, स्वाभिमानी उचित शब्द नहीं है। वे उचित

शब्द तलाशने लगे। बिम्ब के रूप में उनके सामने 'अनारकली' फिल्म की बीना राय सामने आ रही थी। गुनगुनाती हुई :

"ये जिन्दगी उसी की है, जो किसी का हो गया...प्यार ही में खो गया..."

अपने एक मित्र की पंक्तियाँ याद आने लगीं।

...हम कोसीवासियों के लिए कोसी नदी नहीं है, यह सिर्फ कोसी है। कोसी को सर्वनाम में ढालने की इजाजत मन नहीं देता। इसे सरकार और इंजीनियरों ने भले ही बाँध में छुपा दिया है मगर हमारे कतरे-कतरे में इसकी मौजूदगी है। मंथर गति से बहती इस विशाल नदी ने ही उनके इलाके की मिट्‌टी के एक-एक कण को तैयार किया है—अररिया-पूर्णिया से लेकर सहरसा-मधेपुरा-सुपौल और दरभंगा के कुशेश्वर स्थान तक।

हाल ही में एक कोसी नदी के अध्येता ने उन्हें विस्तार से बताया था कि इस 200 किमी. के दायरे में कैसे यह छिन्नमस्ता नदी सदियों से बौराई भटक रही है। और कैसे आजादी के बाद इंजीनियरों ने बिना सोचे-समझे इसे 8 किमी. चौड़े पिंजरे में कैद करने की कोशिश की थी। पिंजरा तो टूटना ही था। इंजीनियरों ने फिर से पिंजरा तैयार कर नदी को पिंजरे में डाल दिया है। खुश हो जाओ कोसीवासियो, जैसे यह नदी कोई बाघिन हो...!

मगर बाघिन कहाँ है?

पैंट को ऊपर उठाकर अनिरुद्ध नदी में घुस गए। घुटने तक पानी में जाकर उन्होंने चेहरा धोया। बचपन की यादें...।

तभी आठ-दस लड़कों का एक दल दौड़ते हुए वहाँ पहुँचा। उस झुंड में प्रह्लाद के भाई त्रिभुवन और अंजनी भी थे, जिन्होंने कल पहले नाव और फिर घोड़े पर सवार करके उन्हें इस गाँव तक पहुँचाया था। नाव की सवारी की तो अनिरुद्ध को आदत हो गई थी, मगर इससे पहले उन्होंने कभी घोड़े की सवारी नहीं की थी। वे थोड़े टेंशन में आ गए थे।

उन्हें घबराया देखकर प्रह्लाद ने कहा था :

"अनिरुद्ध भाय, आपको थोड़ी तकलीफ जरूर होगी, मगर लाचारी है। इसके आगे घोड़े पर ही जाना पड़ेगा। हमारे यहाँ का सूमो-बलेरो, राजदूत-हीरो होंडा सब यही है। बाँध के भीतर का यही तो मजा है। बाहर वाली गाड़ियाँ पेट्रोल-डीजल से चलती हैं, मगर हमारे यहाँ आज भी जानवर का ही सहारा है।"

प्रह्लाद की बात में ठेठ कोसी वाला गपास्टक घोलते हुए उसका भाई अंजनी बोल पड़ा था :

"अनिरुद्ध भाय, रोल्फ डीजल अगर बाय मिस्टेक (गलती से) बाँध के भीतर आ गया तो माथा पकड़ के बैठ जाएगा। उनका आविष्कार डीजल इंजन यहाँ दू हजार आठ में भी नहीं पहुँच सका है। पहुँचेगा कैसे, पूरे 350 गाँव के इलाका में सड़के नहीं है। नै अलकतरा बला (वाला), नै ईंटा बला और नै सिमेंट बला। इस इलाका में जितना रास्ता आप देखिएगा, सब फीट रोलर (पैर) से घिस-घिस के बना है।"

इन दोनों को आते देख अनिरुद्ध को कल की वह विलक्षण यात्रा याद आने लगी। दोनों अनिरुद्ध को देखकर दूर से ही चिल्ला पड़े। साथ वाले लड़कों को भी सूचित कर दिया कि सामने खड़ा व्यक्ति एक बहुत्ते बड़ा रिपोर्टर है और इन्हें कल हम दोनों ही गाँव लेकर आए हैं। शोर मचा रहा झुंड अब उनके पास पहुँच गया था। उन युवकों को सुबह-सवेरे दौड़ता देख अनिरुद्ध को लगा कि कोसी के इस सुदूर देहात में भी सेहत चिन्ता का रोग फैलने लगा है। लोग सुबह-सुबह जॉगिंग करने लगे हैं। मगर उनका अन्दाजा गलत साबित हो गया। लड़कों ने बताया कि वे फौज और सिपाही में होनेवाली भरती के लिए तैयारी कर रहे हैं।

तभी पीछे से एक अधेड़ व्यक्ति दौड़ता हुआ आया। उसके हाथ में रेडियो था। रेडियो में बताया जा रहा था कि अब लांग जंप की प्रैक्टिस

करनी है। वे रिटायर फौजी अभय सिंह थे। वे ही गाँव के लड़कों को ट्रेनिंग देते थे। आधे घंटे रोज चलनेवाली इस ट्रेनिंग का रेकॉर्डेड मैनुअल रेडियो कोसी में बज रहा था। सुबह साढ़े छह से सात बजे तक का स्लॉट पिछले कुछ दिनों से इन लड़कों के नाम बुक था। अगले महीने सभी बहाली में भाग लेने हाजीपुर जानेवाले थे, तब तक के लिए...इस मैनुअल को अभय सिंह ने ही तैयार किया था।

लड़के लांग जंप की प्रैक्टिस करने लगे थे। अनिरुद्ध दूर से खड़े-खड़े इस नजारे को देख रहे थे। कभी-कभी रेकॉर्ड भी कर लेते थे।

इस बीच प्रह्लाद भी उन्हें ढूँढ़ते-ढूँढ़ते वहाँ पहुँच गया। प्रैक्टिस बन्द हो गया और इस नये मेहमान के साथ युवकों की रसचर्चा शुरू हो गई।

कल वाला प्रसंग उठा तो त्रिभुवन ने कहा :

"भायजी, ई ठीक बात है कि हमारे इलाके में आने के लिए कोई सड़क नहीं है, आपको नाव पर चढ़कर और बालू फाँककर आना पड़ा। लेकिन, सड़क के लिए तो हम देखे हैं, बड़ा-बड़ा शहर का लोग भी रोता रहता है। हमरे यहाँ तो सरकारे नै है। पूरा इलाका घूम लीजिए, आपको एक ठो बिलडिंग ऐसा नहीं मिलेगा जिस पर भारत सरकार या कि बिहार सरकार लिखा हुआ हो। यहाँ आपको थाना, स्कूल, हस्पताल कुछो नै मिलेगा।"

त्रिभुवन की बात सुनकर पास ही में खड़े रिटायर फौजी अभय सिंह बोल पड़े, "भक बुरबक, भारत सरकार और बिहार सरकार लेकर सुथनी करोगे। हम देख चुके हैं सरकार का चाल-चलन। सरकार का नै होना, सरकार के होने से ज्यादा अच्छा है। सरकार के होने से कितना परोबलम (प्रॉब्लम) होता है, ई बात पत्रकार महोदय हम लोग से बेसी (अधिक) जानते हैं और रोज टीवी पर बताते भी हैं। सड़क नै है, थाना नै है, अस्पताल नै है या स्कूल नै है तो क्या बिगड़ गया? पचास साल से जी रहे हैं न हम लोग।"

बड़ी दिलचस्प चर्चा हो रही थी, अनिरुद्ध भी अपना कैमरा ऑन करके बैठे थे। इस तरह के ठेठ देसी कमेंट कई बार स्टोरीज में काम आ जाते हैं। उन लोगों की चर्चा जारी थी। कैमरा देखकर सभी लोगों का ज्ञान तेजी से बाहर आने लगा था। अब अंजनी एक्सपर्ट कमेंट दे रहे थे :

"अनिरुद्ध भाय, मस्ती में जीते हैं। आप चलकर देखिएगा। पानी चढ़ता है तो बाँध पर चढ़ जाते हैं। और जब उतरता है तो दशहरा-दिवाली मनाते हैं। कोसी जो पाँक छोड़कर जाती है, उस पर बिना खाद के ऐसा बम्पर फसल उगाते हैं कि...आप मेरे यहाँ राहर (अरहर) दाल खाइएगा और बताइएगा, बाँध के बाहर कहीं ऐसा टेस्ट बचा है? कोबी (गोभी) खाके देखिएगा। हम लोग को बाहर का दाल-तरकारी खाया नहीं जाता। कोई टेस्ट बचा है? खाद पड़ा तो समझिए टेस्ट मरा। कहीं किसी चीज में टेस्ट नहीं। मगर हम लोग बचा के रखे हैं, अनिरुद्ध भाय। कोसी मैया के परताप से अभी भी स्वाद जिसको कहते हैं, बचा हुआ है।"

"वाह, मतलब ऑर्गेनिक भोजन?" अनिरुद्ध बोल पड़े।

"ऑर्गेनिक क्या होता है?" अंजनी के इस कमेंट की उन्हें उम्मीद नहीं थी।

जवाब में अनिरुद्ध को बोलना पड़ा, "कुछ नहीं, शहरी चोचलेबाजी है। आप लोग अपनी बात कहते रहिए।"

उन लोगों ने भी इस सवाल को इग्नोर कर दिया। एक्सपर्ट कमेंट्स चलते रहे :

"बाढ़...? बाढ़ से कौन डरता है! घर-घर में नाव है, बच्चा-बच्चा हेलवार (तैराक) है।"

"जानते हैं, बाहर रहनेवाला आदमी सब हम लोगों से जलता है। ऊ सब कहेगा कि असली मजा तो बाँध (तटबन्ध) के भीतर है। असली दूध चाहिए तो बाँध के भीतर जाइए। खेती इतना आसान कि बीया (बीज) छीट दीजिए और सोना काट के ले आइए। ठीक है, चार

महीना पानी रहता है, मगर दो सीजन ऐसा पैदावार होता है कि थय-थय (धन्य) हो जाता है। बाहर बाँध से सटे इलाके में खेत में बारहो महीना पानी जमा रहता है, उसका क्या? फिर कहेगा, असली मैटर तो सिम्पैथी का है। सिम्पैथी तो उन्हीं लोग के तरफ है। मीडिया बला सब जब देखो, बाँध के भीतर हेल जाता है। हम लोग भी कष्ट में हैं, हमारा कष्ट कोई देखनेवाला नहीं।"

"इस बात पर हम लोग ज्यादा बहस नहीं करते हैं। एक्के बात कहते हैं, बदल लीजिए जमीन...आप लोग अन्दर चले जाइए। हम लोगों को बाहर जमीन दे दीजिए। इस बात पर सब सटकदम हो जाता है।"

बातचीत करते-करते वे लोग गाँव की तरफ लौटने लगे।

"बाँध के अन्दर रहने के लिए कलेजा चाहिए। पन्दरह-पन्दरह, बीस-बीस बार घर उजड़ा और दूसरी जगह बसना पड़ा। हर परिवार में एक-दू ठो आदमी इसलिए मर जाता है कि अचानक रात में ट्रोबुल (परेशानी) हुआ और डाक्टर के पास नहीं पहुँच सका। जी हाँ, सरकार।"

"बेटी की शादी करना है, कोई बीमार है, बच्चा पढ़ाना है तो टाउन में डेरा लेकर रहिए। जिसके पास पैसा है, उसका डबल गृहस्थी है—एक अन्दर में तो दूसरा बाहर टाउन में। मेंटेन करते-करते बड़का-बड़का का नस चू जाता है, मामूली बात है...सिंगल इनकम, डबल गृहस्थी? अब कहिए, है हिम्मत बाँध के अन्दर का बासिंदा बनने का? छूछ (केवल) गप्प देना सबसे आसान है।"

"कहने बला बात नहीं है अनिरुद्ध भाय, मगर हमही लोग ऐसा बदनसीब हैं, जिसके घर की बेटी शादी होने के बाद घुर (लौट) कर मैका नहीं आना चाहती। ससुराल में ही रहना चाहती है। माय-बाप ही जाकर भेंट-मुलाकात कर आते हैं। कौन आए तीन नदी हेलकर और दू मन बालू फाँककर? दिल्ली-बम्बई जाना आसान है मगर बाँध के अन्दर नहीं।"

3

यह सतसंग तभी पूरा हुआ जब सभी लोग सुरेश मंडल जी के दरवाजे पर पहुँचे। वे एक रिटायर शिक्षक थे।

बातचीत वहाँ भी बन्द नहीं हुई। अब सुरेश बाबू शुरू हो गए थे। बाँध के भीतर रहनेवालों की यह खास बीमारी है। जब देखो, बाँध, कोसी और सरकारी अन्याय, उपेक्षा, विस्थापन और पलायन का दंश लेकर बैठ जाते हैं। छोटी-बड़ी सैकड़ों कहानियाँ। किस तरह की मूर्खताएँ इंजीनियरों ने कीं जिससे हर किसी के हिस्से नुकसान ही आया। जो लोग कोसी की 'क' नहीं समझते थे, उन्होंने लाखों लोगों की तकदीर पर हल चला दिया।

अनिरुद्ध भाई सब कुछ जान चुके थे और समझ भी गए थे। उन्हें यह भी मालूम था कि कोसी की फाइल बहुत नीचे दबी है, अब इनका कुछ नहीं हो सकता है। ये लोग फालतू में जख्म हरे करते हैं और सब कुछ ठीक हो जाने की उम्मीद रखते हैं। इनको मालूम नहीं कि पटना और दिल्ली में बैठे हुक्मरान कितने कमीने हो गए हैं। नोट की हरी पत्ती देखकर आँखें खोलते हैं और तभी तक आँखें खुली रखते हैं, जब तक नोट नजर आता रहता है।

तभी अचानक सुरेश बाबू चुप हो गए। पास में बहुत ही धीमी आवाज में बज रहे रेडियो का वॉल्यूम तेज कर दिया और तहजीब के साथ अनिरुद्ध से माफी माँगते हुए बोले, "जरा 'गामक हाल' सुन लूँ, इसे सुने बिना दिन काटना मुश्किल है।"

सुरेश बाबू की बात सुनकर प्रह्लाद झेंप गया और अनिरुद्ध सकते में आ गए। ऐसा भी कोई प्रोगाम होता है, जिसके बगैर दिन गुजारना मुश्किल हो जाता है?

रेडियो में एक नारी-स्वर कई छोटी-छोटी सूचनाएँ बता रहा था : "आज चलित्तर मंडल, मनरखन ऋषिदेव, सुबोध महतो, अनवारुल

अंसारी और कई मजदूर रमानन्द बाबू के खेत में काम कर रहे हैं और कारी धानुक के पास कोई काम नहीं है। कोई चाहे तो उसे बुला सकते हैं। बुलाने के लिए हमारे रेडियो स्टेशन के नम्बर पर फोन कर दें।

हनुमान मंडल का लाट परसों पंजाब जा रहा है। जो भी साथ जाना चाहता है, सम्पर्क करे।

जुम्मन मियाँ सहरसा से बहुत सारा कुरते का कपड़ा लेकर आया है। होली के लिए जो कुरता सिलाना चाहते हैं, एक सप्ताह के अन्दर जाकर नाप दे आएँ।

सदानन्द यादव की बेटी का आज दुरागमन है, सबको हकार (आमंत्रण)।

अर्जुन महतो का साला, जो जानवर का डॉक्टर है, कल गाँव आ रहा है। तीन दिन रहेगा। जिसको माल-जाल (पालतू पशुओं) का इलाज करवाना है, जाकर नम्बर लगा आए।

परसादी हलवाई आज शाम बालूशाही बनाएगा। 100 रुपये किलो।

गणेशी अपना घोड़ा बेचना चाहता है। सम्पर्क करें।"

इस बार अनिरुद्ध के मुँह से 'अद्भुत' निकल ही गया। प्रह्लाद लजा गया। उसे लगा कि काश, कहीं वह छुप जाता! इस समय अनिरुद्ध भाय उसको देख नहीं पाते!

पर, अनिरुद्ध के एक 'अद्भुत' पर सुरेश बाबू का पिटारा खुल गया था :

"हाँ भाई, रेडियो कोसी के बगैर इस इलाके में रहनेवाले किसी आदमी का गुजारा है? हमारा अखबार भी यही है, टीवी भी और सिनेमा भी।"

"अच्छा?"

"भजन, सतसंग, अजान, नोत-पिहानी (न्योता), हकार, छट्ठी से लेकर मरनी-हरनी तक। आपका टीवी भी हम देखे हैं, बेटा पटना

में रहता है, उसी के डेरा में। बुरा मत मानिएगा, छह-महीना साल-भर लोग खूब देखता है, बाद में बन्द करके रख देता है। मैच-उच हुआ तो खुला या समाचार देखना हुआ। घर की औरत भी कभी-कभार सीरियल में झाँक लेती है, मगर कुल मिलाकर बेमतलब है। टाइमपास के सिवा और क्या है, आप ही बताइए?...रेडियो कोसी तो इलाके का प्राण है। किसी घर में दस घंटे से कम नहीं बजता है।"

अनिरुद्ध को कहानी मिल गई। झट से कैमरा ऑन कर दिया :

"फिर से कहिए और सिलसिलेवार तरीके से।"

"काहे, कुछ योजना है क्या...?"

"हाँ, सोच रहा हूँ रेडियो कोसी पर आधे घंटे की डॉक्यूमेंटरी..."

सुनकर प्रह्लाद अवाक् रह गया। तो इसीलिए अनिरुद्ध भाई उसके गाँव आए हैं? वह तो समझ रहा था, बाँध-पीड़ितों पर कोई स्टोरी करेंगे।

"हाँ, बताइए, सुरेश बाबू..."

फिर वे पूरे गाँव में घूम-घूमकर लोगों से बतियाते रहे और रेकॉर्ड करते रहे। बारह बजे जब लौटे तो थककर बेहाल हो गए थे। मगर चेहरे पर उत्साह था।

"भाई, तुमने तो कमाल कर दिया है। हमारा टीवी चैनल फेल है, 'रेडियो कोसी' के सामने। बेच दो इसको। बोलो, कितने में बेचोगे?"

"आप क्या यहाँ रहकर चलाएँगे इसको?"

"हाँ भाई, हम लोग तो गॉसिप रचते हैं। यहाँ काम करेंगे तो लगेगा, जीवन कुछ सार्थक हुआ। अच्छा, कितना खर्चा हुआ था, इसको बनाने में?"

"मत पूछिए, सौ रुपया।"

"आयं, क्या कह रहे हो? सौ रुपया में रेडियो स्टेशन बना लिया और 50 गाँव का जीवन इसी से चलता है? कमाल है, तुमको तो मैगसेसे अवार्ड मिलना चाहिए।"

"क्या होता है मेघ...से...साय, वही जो आप कह रहे थे?"

"अच्छा है, नहीं जानते हो। जानते तो इतना अच्छा काम नहीं कर पाते। चलो, छोड़ो, अभी मैं नहा-सुनाकर खाना खाऊँगा, फिर थोड़ा सोऊँगा। उठने के बाद बताना, कैसे यह रेडियो स्टेशन शुरू किया।"

प्रह्लाद का मीटर तो सुबह से ही गड़बड़ाया हुआ था, अनिरुद्ध भाई का नया धमाका सुनकर अब तो स्टेशन ही चेंज हो गया। 'विविध भारती' के बदले 'कान्तिपुर एफएम' पकड़ने लगा। 'दस्तक टीवी' जो भारत ही नहीं, आस-पास के देशों में देखा जानेवाला सबसे पापुलर न्यूज चैनल है, उस पर आधा घंटा तक 'रेडियो कोसी' पर कार्यक्रम होगा। उसका मुँह नजर आएगा। उसको बताना पड़ेगा कि कैसे रेडियो स्टेशन शुरू किया।

कैसे बताएगा वह? उसका तो उच्चारण भी सही नहीं है। इसके अलावा उसको याद भी कहाँ है कि कैसे अचानक उसने रेडियो स्टेशन बना लिया और लोगों का मनोरंजन करने लगा। उसको तो सबसे पहले सोच-विचारकर तय करना पड़ेगा कि उसकी कहानी क्या है और उसको कैसे सिलसिलेवार तरीके से बताया जाए, जैसे टीवी में लोग बताते हैं। अभी दो घंटा का मोहलत है, अनिरुद्ध भाई सोकर उठेंगे तब तक विचार लेना चाहिए। दीपा से कह दिया कि जब अनिरुद्ध भाई उठें तो बुला लीजिएगा, और खुद गचान पर केथरी बिछाकर लेट गया।

[2008]

गुरदासपुर

1

बाँध के भीतर वाले लड़कों की जिन्दगी बगड़ो (गौरैया) के बच्चे जैसी होती है। पंख उगा नहीं कि माँ-बाप उड़ा देने में जुट जाते हैं। मोंछ का डिडिर (लकीर) उग जाने के बाद कोई बच्चा इलाके में नहीं मिलेगा। जाओ, भागो! कहीं चले जाओ—दिल्ली-पंजाब-बम्बई (मुम्बई), कलकत्ता (कोलकाता)। जहाँ जगह मिलता है, भाग जाओ। यहाँ क्या है? कोसी का बालू! घर छोड़ने में देर किए तो फँसे। बाद में घर-दुआर, गाँव-परिवार, टोला-समाज का मोह जकड़ने लगता है। बड़े-बुजुर्ग कहते हैं, जो अठारह साल तक बाँध में पड़ा रह गया, उसके निकम्मा होने में कोई सन्देह नहीं।

केथरी से मुँह झाँपे (ढके) प्रह्लाद सोच रहा है कि कैसे उसे दो साल की मोहलत मिली थी। विधवा माँ का इकलौता बेटा था। माँ के आग्रह पर मामा लोग मान गए थे। मगर उस साल जाना ही पड़ा। उस साल गजब पानी आया था कोसी में। खेत-पथार, घर-दुआर सब डूब गया। दू महीना बाँध पर जाकर रहना पड़ा था। वही बाँध जिसे अनिरुद्ध भाय तटबन्ध कहते हैं। पहले माय की साड़ी टाँगकर झोंपड़ी बनाए थे, फिर न जाने कहाँ से एगो संस्था वाला आया और तिरपाल देकर गया।

रहने का तो हो गया, मगर खाने-पीने का कोई इन्तजाम नहीं। घर में जो अनाज था, ऊ पहले ही डूब भसिया गया था। मामा लोग बोले, अब कितना दिन हाथ-पैर सेव कर बैठोगे, बाहर निकलो, कमाओ-धमाओ। तो उस साल पहली बार मेहनत-मजूरी के लिए अपने ममेरा भाय लोगों के साथ नवहट्टा बजार गए। 15 साल का उमिर था। काम का आदत नहीं था, लेकिन धीरे-धीरे आदत लग गया। कभी काम मिलता, कभी नहीं मिलता। खैर!

तो उस बार जब पानी उतरा, गाँव में जाकर सब सेट किए, तो पता चला कि कटनिया लग गया है। कोसी मैया गाँव पर हमलावर हो गई है, खेत-पथार सब काट-काट के भँसा रही है। ऐसा कोसी में खूब होता है, थोड़े-थोड़े दिन पर कोसी मैया रस्ता बदलने लगती है तो गाँव का गाँव उसके पेट में समाने लगता है। हम खूब सुने थे, एक ठो गाँव में जाकर देखे भी थे। एक ठो गाँव है, अस्सै केदली, उसके बारे में सुने थे कि ऊ गाँव अब तक नौ बार कोसी में भँस चुका है, गाँव जहाँ बसता है, कोसी उधरे बहने चल पड़ती है। कोसी में नदी भी बहती है तो बस्ती भी बहता है। कभी इधर तो कभी उधर।

लेकिन अपने गाँव में भी ऐसा हो जाएगा, ऐसा सोचे नहीं थे। कोसी मैया इतना ही दरियादिली दिखाई कि बस्ती बच गया, खेत-पथार लेके सन्तोष कर ली। अब तो जाना ही था, चिड़ैयाँ का काम अब बिना उड़े चलना नहीं था। मैया को भी अपने चिड़ैयाँ को उड़ाना ही पड़ा।

15 साल की उम्र में पहली बार बस का भों-भों सुना। फिर ट्रेन की सीटी। पहला ठिकाना बना, आप सोच सकते हैं कहाँ? गोवा में। गोवा में हमने अपनी पहली नौकरी की, एक छोटे-से होटल में। आप सोच रहे होंगे कितना मजेदार रहा होगा। हम भी यही सोचकर गए थे, जब काम ही करना है तो गोवा में काहे नहीं करेंगे? काम

का काम, मजा का मजा। हमारा एक ठो फुफेरा भाई वहाँ पहले से काम करता था, हमसे तीन साल बड़ा था। घर आता था तो वहाँ की कहानी सुनाता था। दुनिया भर के अँगरेज (विदेशी) वहाँ पहुँचते हैं, बात-बात पर बख्सीस देते हैं। वहाँ कुछ दिन काम करोगे तो अँगरेजी भी सीख जाओगे, फिर कहीं पर जाओगे तो अच्छा काम फट से मिल जाएगा।

मगर गाँव-समाज में लोग गोवा की नौकरी को अच्छा काम नहीं मानते थे। कहते थे, छोटा-छोटा बच्चा से वहाँ गन्दा-गन्दा काम कराया जाता है। घर में बताने का सवाल ही नहीं था, कह के निकले कि दिल्ली जाएँगे। दिल्ली वाले लॉट में निकले भी, मगर पटना स्टेशन पर फीट (अलग हो) लिये। भाई रास्ता बता दिया था और टोनते-टानते, पूछते-पाछते हाजिर हो गए। भाई ने एक पहचान वाले होटल में काम दिला दिया—कमरा में खाना-पीना पहुँचाने, चादर बदलने और साफ-सफाई करने का। पगार पाँच सौ रुपया महीना। भाय बोला, पगार तो नाम का है। बख्सीस को पकड़ो। बाद में हम भी देखे कि सब जोर-जार के दू हजार हो जाता है।

1996 साल था। दू हजार रुपया बहुत लगता था। सीना चौड़ा हो गया। मगर जब वहाँ होटल में दारू और छौंड़ीबाजी का नजारा देखे, और ऊ सब भी जो सुने थे और जो नहीं सुने थे। मन घिनाने लगा। घड़ी-घड़ी वहाँ से भागने का मन होता था। पाँच जगह काम बदले तो किसी तरह दू साल कटा। फिर एक ठो यूपी वाले आदमी के साथ दिल्ली पहुँच गए। कसम खा लिये थे, अब होटल का नौकरी नहीं करेंगे। दिल्ली में काम मिला एक ठो बिल्डर के यहाँ—रँगाई-पुताई का।

यह काम मजेदार था। घूमने-फिरनेवाला। एक जगह मुश्किल से दस दिन का काम रहता था। उस काम में हम बहुत जगह गए— बम्बई, गुजरात, जयपुर, चंडीगढ़, लखनऊ, भोपाल, इन्दौर।

वहाँ तीन साल काम किए। तब जाकर उस जगह पहुँचे, जहाँ हमको अपने जीवन का सब कुछ मिल गया। वह शहर था पंजाब का गुरदासपुर।

सरकारी दफ्तर का बिल्डिंग पेंट करने वहाँ गए थे। बिजली वायरिंग का ठेका था, हरजीत भाय साहब के पास। हरजीत भाय साहब दीपा के बड़े भाई ही नहीं, बाप भी थे। बाबूजी ने दो शादी की थी, छोटी बीवी के साथ दूसरे मोहल्ले में रहते थे। आना-जाना, बातचीत कायम था, मगर घर का खरचा-पानी हरजीत भाय साहब के सिर पर था। घर में माताजी थी, दीपा थी और हरजीत भाय साहब। झगड़ा-झंझट, बाता-बाती सब हो-हुआ के निस्चिन्त हो गए थे दोनों तरफ के लोग। हरजीत भाय साहब को समझ आ गया था, बाप से दोनों घर सँभलनेवाला है भी नहीं, जबरदस्ती बाप बनाने से अपना ही नुकसान है। बेवजह की परेशानी। खैर।

हम तो वहाँ गए थे पेंट करने। ऐसा हुआ कि जिस समय में हम लोगों को पेंट का काम करना था, उसी दौरान हरजीत भाय वायरिंग का काम करवा लेना चाहते थे। क्योंकि बाद में उनके पास समय नहीं था। हमारे ठेकेदार से पूछे तो वह तैयार नहीं हुआ, थोड़ा बहसा-बहसी भी हो गया। पहले नजर में हमको लग गया था कि आदमी सरदार जरूर है, मगर है नरम मिजाज का। अच्छे परिवार और संस्कार का। सबसे बड़ी बात है, देखकर अपनापा जैसा लगा था। काहे लगा, उ बात बाद में समझ आया। तो हम सब बात सुन रहे थे। जब हमारा ठेकेदार बाहर चला गया तो हम उनको पकड़े। बोले, "सरदारजी, आप परेशान काहे होता है, हमारा ठेकेदार कल दिल्ली लौट जाएगा और काम अकेले हमही को करना है। आप दिन में वायरिंग करवाना, हम रात में पेंटिंग कर लेगा।" सुनकर हरजीत भाय मुस्कुराए। पूछे, "बिहारी है ना?"

आज तक बिहारी होने के नाम पर गाली और बुराई ही सुने थे। पहली बार हरजीत भाई के मुँह तारीफ सुने तो मन और बँधने लगा।

ऐसे ही काम चलने लगा। हम दिन भर सोते और हरजीत भाय वायरिंग कराते। जहाँ तक वायरिंग खत्म हो जाता, वहाँ से हम पेंटिंग शुरू करते। दिन में रोज तीन-चार घंटा हरजीत भाय से बात होता। दोस्ती बढ़ रही थी।

उस वक्त हम 20 साल के थे और हरजीत भाय 25-26 के होंगे। पगड़ी पहनने के बाद थोड़े भयबगर (देह-दशा वाले) लगते थे। घर से खाना लाते थे और हमको जरूर खिलाते थे। अभी अफसोस करते होंगे, काहे इस बिहारी को घर के खाने का स्वाद चखाया। खैर।

चार दिन बाद पता चला कि हरजीत भाय बीमार पड़ गए हैं। दीपा जी आई थीं, मेरा नाम पूछती हुई, "चलो, भैया घर बुला रहे हैं।" पीली सलवार-कुरती में। मार्च का महीना था। उस वक्त उसका चेहरा इतना धँसा नहीं था। देह पर ठीक-ठाक गूदा था। कहाँ मेरे चक्कर में क्या तो हो गईं।

प्रह्लाद ने अपनी आँखें पोंछ लीं।

जिन्दगी में पहली बार इतनी सुन्दर लड़की की मीठी आवाज में अपना नाम सुना था। दस गिलास भाँग का नशा सवार हो गया। जैसे थे, उसी हालत में उठकर चल दिये।

हरजीत भाय कह रहे थे कि हम वायरिंग वाले काम की देखरेख कर दें। कोई दूसरा भरोसे का आदमी नहीं है। वे कुछ पैसा देने के लिए तैयार थे। लेकिन, हम पर तो नशा सवार था, भला मना कैसे करते और पैसे के लिए हाँ भी कैसे करते? क्या किए, आप समझ ही गए होंगे। फिर उस चक्कर में अपना काम हरजा हुआ, ठेकेदार आया तो बमक गया। बोला, "काहे सरदार के चक्कर में काम खराब किया?" हम भी काम छोड़ दिये। बाद में हरजीत भाय को पता चला

और उन्होंने अपने इलेक्ट्रॉनिक्स और इलेक्ट्रिकल दुकान में हमको स्टाफ रख लिया। रहना-खाना-पीना और 2 हजार महीना। मगर वहाँ से मेरे जिन्दगी की नई कहानी शुरू हो गई।

हरजीत भाय का दुकान बीच शहर में था और दुकान के पीछे आँगन, आँगन के पीछे घर। मकान कम-से-कम सौ साल पुराना होगा। देखने से तो लगता ही था, बाद में हरजीत भाय ने भी बताया, उनके परदादा ने बनवाया था जो अँगरेजों के जमाने में सरकारी ओहदेदार थे। गांधी जी के असर में आकर उन्होंने नौकरी छोड़ दी थी और रोजी-रोटी के लिए देसी कपड़ों की दुकान चलाने लगे थे। उस जमाने में वह दुकान खूब चलती थी। हरजीत भाय बताते थे कि लोग कहने लगे, देशभक्ति का फल उसके परदादा को हाथोहाथ मिला। नौकरी की कमाई से पाँच गुना अधिक आमदनी इस दुकान से होने लगी। मगर उनके दादा जो अपने बाप की अकेली औलाद थे, ने अपने बाप पर दबाव डाला कि आमदनी का बड़ा हिस्सा बापू को चन्दा दें। उन्हीं के आशीर्वाद से सब हो रहा है। आजादी के बाद देसी कपड़े का बिजनेस मन्दा पड़ने लगा मगर उनके दादा ने कभी दूसरा धन्धा करने की नहीं सोची।

वो तो हरजीत भाय साहब के बाप थे, जो देसी कपड़ों का काम बन्द कर ट्रांसपोर्ट का धन्धा करने लगे। इस धन्धे का सबसे बड़ा मुनाफा यह हुआ कि उनको दो-दो बीवियाँ हो गईं और साथ ही सुबह-शाम पीने की आदत भी।

ऐसा नहीं था कि दूसरी बीवी जिनके साथ दीपा जी के पापा रहते थे, वो उनसे खुश थीं। वह तो जब्बर औरत थीं। इसलिए उन्हें अपने पास पकड़कर रखती थीं ताकि शादी करके उनने जो गलती की, उसका बदला रोज सुबह-शाम ताने देकर, चीख-चिल्लाकर वसूला जा सके।

तो इस तरह जिस दुकान में पहले देसी कपड़ों को बेचकर आजादी की जोत जलाई जा रही थी और बाद में दारू के प्यालों के साथ ट्रांसपोर्ट का धन्धा खड़ा करने की कोशिश की गई, वहीं अब रेडियो, टीवी और टेप-रेकार्ड सुधारे जाने लगे। बिजली के बल्ब, तार, होल्डर, स्विच जैसे सामान बेचे जाने लगे।

इस बड़ी-सी दुकान का दो हिस्सा था। एक आगे वाला जहाँ बेचनेवाले सामान सजे थे। एक अन्दरूनी जहाँ बैठकर हरजीत भाय रेडियो और टीवी की मरम्मत करते थे। धीरे-धीरे अन्दरूनी हिस्सा मेरे बैठने की जगह हो गया। पेंट के ब्रुश और उसकी अनोखी गन्ध से उकताया मेरा मन कंडेंसर और डायोड में और सोल्डिंग आयरन में रमने लगा।

वैसे, मन तो मेरा दीपा जी में रमा था। इसी स्वार्थ से हरजीत भाय के दुकान में काम करने के लिए तैयार हुए। अब कम-से-कम रोज दिन में दस बार उनका दरसन होने लगा। तीन टाइम खाना, दो टाइम चाय और पाँच टाइम ऐसे ही—बेवजह। कभी वही किसी काम से आ जातीं, कभी हम ही पेसाब-पैखाना के बहाने देख आते। दुकान ही मेरा घर भी था, रात में वहीं बिछौना बिछाते थे।

दीपा जी का रूटीन फिक्स था। सुबह सात बजे से दस बजे तक रसोईघर में छनर-मनर करतीं और विविध भारती सुनतीं। उसके बाद नहान-धोना, साफ-सफाई, खाना-खिलाना। फिर एक बजे से तीन बजे तक बिछौना पर पड़े-पड़े टेप रेकार्ड पर गाना सुनतीं। फिर थोड़ा-बहुत घर का काम काज और छत की सैर। शाम में वही रेडियो, वही रसोई। गाना-गाना और गाना। काम-धन्धे के बाद यही उनकी जिन्दगी थी। कभी लता मंगेशकर तो कभी अलका याग्निक। कभी किशोर कुमार तो कभी कुमार सानू। खुद नहीं गातीं, गुनगुनाती भी नहीं थीं। मगर, दिन-रात सुर-ताल का मेल चलता रहता। रेडियो बन्द तो टेप चालू। टेप बन्द तो रेडियो। कभी-कभी सोचते कि अगर इनसे बात करना हुआ तो रेडियो

में ही घुसना पड़ेगा। और वही हुआ भी। खैर, उसकी कहानी बाद में। अभी दीपा जी की कहानी पूरा होने दीजिए।

2

बाहरी दुनिया की हर चीज से दीपा जी का नाता दो साल पहले ही छूट गया था।

इसकी भी एक कहानी है, जो दीपा जी ने ही एक इमोशनल रात में सुनाया था। इस कहानी को हम आज तक किसी को भी नहीं बताए थे, मगर अनिरुद्ध भाय को बताना जरूरी था। इसी कहानी में ऊ प्वाइंट छुपा था जिससे किलियर हो जाता है कि दीपा जी जैसी पढ़ी-लिखी और हाइ स्टेटस वाली लड़की, मेरे जैसे मजदूर बिहारी के साथ भागकर शादी करने के लिए क्यों तैयार हो गई।

...तब दीपा जी कॉलेज जाती थीं। बीए फर्स्ट इयर का तीन-चार महीना बीता था। दो महीने की मेहनत के बाद रंजीत का अप्लीकेशन पास हो गया था, अब वह दीपा जी का ब्वायफ्रेंड था। दीपा जी के लिए यह सब बहुत सीरियस मामला था। उनको मालूम था कि अगर उसको शादी करनी है तो लड़का खुद से फाइनल करना पड़ेगा। बाप जिसको ढूँढ़कर लाएँगे, वह उन्हीं के मनमिजाज का होगा और हरजीत भाय इतने सीधे हैं कि अ-सरदार हो गए हैं। इसलिए वह खाली ब्वायफ्रेंड नहीं बना रही थीं, अपना जीवनसाथी तलाश रही थीं। इसलिए उन्होंने दो महीने तक रंजीत को लटकाए रखा। ठोक-बजाकर देखा, परखा, तब जाकर कह दिया—आज से मैं तुम्हारी।

मगर ठोकने-बजाने से कहीं आदमी की पहचान होती है! घड़े का छेद और टायर का पंचर तो पानी भरने के बाद ही समझ में आता है।

बाहर से सुन्दर, सुशील, सीधा और समझदार लगनेवाले रंजीत ने भी तब जाकर लीक करना शुरू किया जब दीपा जी ने उसमें अपना सारा प्यार ढार (उड़ेल) दिया।

रंजीत बिन बाप का बेटा था। माँ ने उसे पालने-पोसने में बड़ा दुख झेला था। पति के कपड़े की दुकान पर खुद बैठती तब रंजीत मिडिल स्कूल, हाई स्कूल, कॉलेज करता। वह दूसरे लड़कों की तरह ग्रुप बनाकर हुल्लड़बाजी नहीं करता। अपना समय क्लास और पढ़ाई-लिखाई में गुजारता। कॉलेज से फुरसत मिलती तो इमिग्रेशन एजेंसी भागता जहाँ वह पार्ट टाइम काम करता था। दीपा जी को उसकी यही खूबियाँ पसन्द आई थीं।

मगर जो दीपा जी को नहीं पता था, वह उसका एक सपना था। वह लन्दन जाने और वहाँ ठाठ की जिन्दगी बिताने का ख्वाब देखता था। हालाँकि आधे पंजाबी एक ही सपना देखते हैं, एब्रॉड में सेटल हो जाने का। मगर उनके एब्रॉड का मतलब कनैड्डा होता है, जबकि रंजीत को लन्दन ज्यादा पसन्द आता था। कहता था, वहाँ लाइफ रॉयल होती है।

यह सपना ऐसे पूरा होनेवाला नहीं था। उसके पास न तो पैसा था और न कोई जमीन, जिसे वह बेच डालता। इसलिए उसने इमिग्रेशन एजेंसी में ही नौकरी कर ली, जो पंजाब के हर शहर में दो-चार जरूर होती हैं। अब उसका बॉस ही उसको लन्दन भिजवा सकता था, वह भी तब, जब वह उसकी सेवा से खुश हो जाए। इसलिए रंजीत खूब मन लगाकर काम करता था।

मगर सिर्फ मन लगाकर काम करने भर से बॉस खुश तो होता है, काबू में नहीं आता। वह पीठ तो थपथपा देता है मगर ख्वाइस पूरी नहीं करता। यह थ्योरी समझते-समझते दो साल बीत गए। मगर इसका फायदा यह हुआ कि रंजीत बाबू को असली ज्ञान प्राप्त हो गया कि अपने बॉस को कैसे कब्जा कर लेना है।

जहाँ रंजीत को ज्ञान प्राप्त करने में दो साल लगा, दीपा जी को सिर्फ छह महीने में ज्ञान प्राप्त हो गया। मगर दीपा जी कहती हैं, यह छह महीने भी बहुत अधिक थे। उसे तो उसी रोज समझ लेना चाहिए था, जब वह अपनी माँ से मिलाने के बदले बॉस से मिलाने की बात जोर देकर कहने लगा था। मगर दीपा जी कहती हैं, उस वक्त वह अन्धी हो गई थीं।

हम दीपा जी से पूछे थे, क्या अभी अन्धी नहीं हैं? अपना सब कुछ छोड़कर मेरे साथ इस बियाबान में निकल आई हैं। यह जगह रहने के लिए दुनिया में सबसे बुरी जगह है मैडम। अभी नहीं, बाद में पता चलेगा। तब अफसोस भी हो सकता है। आप अगर कहिएगा कि अफसोस नहीं होगा तो झूठ कहिएगा। जब बच्चा होनेवाला होगा तो घड़ी-घड़ी आपको डाक्टर के पास जाने का मन होगा। मगर यहाँ डिलेवरी के टाइम भी पहुँच गए तो बड़ी बात। बच्चा बड़ा होगा तो सोचिएगा, इसको अच्छे स्कूल में पढ़ाना चाहिए। बहुत सारी बात है मैडम। समय के साथ जादू खत्म हो जाता है। प्रेम-प्यार जो है न, अन्धा बना ही देता है। आज भी आप अन्धी ही हैं।

हमारी बात दीपा जी ने चुपचाप सुन लिया। एक बार आँख उठाकर देखा—थोड़ा तरेर कर। हम समझ गए—प्यार अन्धा ही नहीं, बौका (गूँगा) भी बना देता है।

धीरे-धीरे दीपा जी को समझ आने लगा कि रंजीत बाबू उससे प्यार-व्यार कुछ नहीं करते हैं। उ तो चाहते हैं कि दीपा उनके बॉस से दोस्ती कर ले। पहले तो रंजीत बाबू ने इशारे-इशारे में सब खेल करने की कोशिश की, मगर दीपा जी ने सपोर्ट नहीं किया तो एक दिन खुलके अपना प्लान समझा दिया कि ऐसा करेंगे तो वैसा हो जाएगा और वैसा करेंगे तो तैसा हो जाएगा। बॉस मुट्ठी में, फिर छह महीने के अन्दर हम दोनों लन्दन में।

दीपा जी ने आँख उठाकर एक बार रंजीत बाबू को देख लिया। घड़े में बहुत बड़का छेद था। कह दिया, दूसरी लड़की ढूँढ़ लो, मुझसे न तुम्हारा बॉस कब्जे में आएगा और न इंडिया छोड़कर लन्दन में बसा जाएगा। रंजीत बाबू भी समझदार और सभ्य किस्म के आदमी थे, कोई बखेरा नहीं किए। दीपा जी ने उस दिन के बाद कॉलेज से नाम कटा लिया। बहुत हो गया, इंडिया में रहने के लिए इतनी पढ़ाई काफी है।

घर के लोग यही समझते रहे, अरे दीपा तो सनकी है, मूडी है। एक मिनट में फैसला कर लेती है। बोल दी, कॉलेज नहीं जाना है तो नहीं जाना है। बाद में एक दिन कॉलेज की एक सहेली ने माताजी को बताया कि एक लड़का है, बड़ा भला है। उससे दोस्ती थी। लगता है, उसी से कोई झगड़ा हुआ होगा। सुनकर माताजी को हँसी आई, इतना बड़ा झगड़ा कि कॉलेज जाना छोड़ दे। उन्होंने बेटी को समझाया, दूसरा कॉलेज ज्वाइन कर ले। मगर दीपा जी ने उन्हें भी यही कहकर चुप करा दिया, अब नहीं पढ़ना।

तब से रेडियो और टेप-रिकार्ड यही दीपा जी के साथी हैं। पहले सिर्फ दर्द भरे नगमे सुनती थीं, अब मस्ती भरे गीत भी सुनने लगी हैं। माताजी और हरजीत भाई से भी सिर्फ काम की बात करती हैं। कहीं आना-जाना नहीं, किसी सहेली से भी नाता नहीं। अब बताइए, इस हाल में कोई उनसे दिल की बात कहे भी तो कैसे कहे? अगर कोई उन्हें कुछ कहना चाहे तो उसे रेडियो में तो घुसना ही पड़ेगा न!

3

प्रह्लाद के लिए रेडियो में घुसना बड़ा जरूरी था। रेडियो में नहीं घुसता तो दीपा जी को अपने दिल की बात कैसे बताता और अगर दीपा जी

को दिल की बात नहीं बताता तो भगवान के रचे-रचाए उस लगन का क्या होता जो खास तौर पर उसके और दीपा जी के प्रेम-कहानी के लिए तय हुआ था।

प्रेम या लभ? यह उसकी दुनिया का शब्द नहीं था। यह सिनेमा-नौटंकी से उपजा मामला माना जाता था। उसके गाँव में ज्यादातर लोगों की शादी होती थी और शादी के बाद जिसको अपनी बीवी पसन्द आती थी, उससे वह लभ करने लगता था। जिसकी उतनी पसन्दीदा नहीं भी होती, वह भी कुछ दिन तो दिखावा जरूर करता। जिसको बिलकुल पसन्द नहीं आती, उसकी बात अलग है।

पहले बचपन में शादी हो जाती, तो कोई झमेला नहीं था। मगर जब से 25 के पार शादी करने का चलन शुरू हुआ तो टोला की या रिश्तेदारी की कोई लड़की मन में बसने लगी। अधिकांश लड़के मन की बात मन में रखकर बूढ़े हो जाते, मगर कुछ लोग तो सर्वगुण-सम्पन्न भी होते थे। उनके लिए किवाड़ की ओट भी एकान्त हो जाता। कुछ लोग बेधड़क होते थे, घर वालों के सामने जिद कर बैठते थे—शादी करेंगे तो इसी से। यह सब व्यापार होता था, मगर उसका नाम प्रेम नहीं होता था।

दीपा जी को पहली बार देखते ही प्रह्लाद को लग गया था कि अगर कोई उसके सपनों की रानी हो सकती है, तो वह यही है। वह नजारा प्रह्लाद के मन में आज भी हूबहू कैद है, जब दीपा जी पहली बार उससे मिलने आई थीं, हरजीत भाई का मैसेज लेकर।

उन्होंने पीले रंग का सूट पहन रखा था, हाथ में रंग-बिरंगी छतरी थी और बाल हवा में लहरा रहे थे। शायद कुछ ही देर पहले शैम्पू किया होगा। उस अधबने मकान की दीवारों को पेंट कर रहे प्रह्लाद ने जब दीपा जी को देखा तो लगा कि इस लड़की को और सुन्दर बनाने के लिए अब किसी और रंग की जरूरत नहीं है। इसे इस बिना रँगे दीवार के सामने खड़ा भर कर देने से नेरोलेक पेंट का विज्ञापन पूरा हो जाएगा।

दीपा जी ने बाद में बताया कि पहली नजर में वे भी उसे देखकर चकित रह गई थीं। वह नजारा कुछ ऐसा था ही। प्रह्लाद रस्सियों के सहारे दीवार में लटका बिलकुल स्पाइडर मैन लग रहा था। उसके शरीर पर जगह-जगह पड़े पेंट के धब्बे स्पाइडर मैन लुक को और रीयल बना रहे थे। दिलचस्प बात यह थी कि दीपा जी को स्पाइडर मैन की फिल्में काफी पसन्द आती थीं। खास तौर पर उस सीन में जब वह हीरोइन को बचाने के लिए अचानक हाजिर हो जाता और संकटग्रस्त हालात के बीच से एक हाथ से उसे उठाकर गायब हो जाता। वे स्पाइडर मैन के स्टीकर खरीदा और अपने कमरे में चिपकाया करती थीं।

आज भी वे उसे कभी-कभी स्पाइडर मैन कहकर बुलाती हैं और कहती हैं, तुम मेरे लिए मेरे घर, शहर और जीवन में स्पाइडर मैन बनकर ही आए थे। मगर प्रह्लाद समझ नहीं पाता .कि उसके जैसा कोसी कछार का गरीब लड़का किसी के लिए स्पाइडर मैन कैसे बन सकता है।

प्रह्लाद की जिस बात ने दीपा जी के मन में उसकी छवि को पुख्ता किया, वह उसकी मुस्कुराहट थी। दीपा जी कहती हैं, उसकी मुस्कुराहट में सहजता है और उस सहजता में अपनेपन का इशारा, जैसे कोई बरसों पुराना बिछड़ा हुआ मीत हो! जैसे बचपन में खोया कोई खिलौना जवानी में मिल जाए! जैसे किसी फेवरिट फिल्म का कोई कैरेक्टर अचानक सामने खड़ा हो जाए!

मगर...मगर...मगर...।

इस बात का यह मतलब बिलकुल नहीं था कि पहली नजर में दोनों में प्यार हो गया और दोनों ने मन-ही-मन इस बात को स्वीकार कर लिया। यह बात तब की थी जब प्रह्लाद स्पाइडर मैन की तरह रस्सियों में लटका था और दीपा के शैम्पू किये बाल बेवजह लहरा रहे

थे। मगर प्रह्लाद तीन मिनट के अन्दर नीचे आ गया और घर पहुँचते ही दीपा ने वह पीला सूट उतारकर नाइटी पहन ली और बाल बाँधकर किचेन में घुस गई।

वह प्यार नहीं, सिर्फ इशारा था—एक संकेत कि दोनों के बीच एक बेहतर सम्बन्ध की बेहतरीन सम्भावना है। मगर इस इशारे को कितने लोग डिकोड कर पाते हैं! अपने देश में प्यार का एक ही अंजाम माना जाता है—शादी। और प्यार का पहला संकेत पानेवाला महज पाँच मिनट बाद शादी की सम्भावनाओं के बारे में सोचने लगता है। लड़कियाँ सोचती हैं कि क्या किसी विघ्न-बाधा के बिना उनकी शादी हो सकती है। वहीं लड़के सोचते हैं कि अगर कोई बाधा है तो उसे कैसे पाटा जा सकता है।

हालाँकि इस मामले में ऐसा कुछ नहीं हुआ। धरातल पर आते ही दोनों को अहसास हो गया कि वे एक दूसरे के लिए नहीं बने हैं। दोनों की दुनिया अलग-अलग है। एक बिहारी कामगार है, तो दूसरी मध्यम वर्ग की पंजाबन। प्रह्लाद के मन में एक टीस-सी उभरी। मगर दीपा जी के साथ अगर ऐसा कुछ हुआ भी होगा तो मन के किसी अँधेरे कोने में दीया जलकर बुझने जैसी बात रही होगी। उसका अहसास भी उन्हें शायद ही हुआ हो।

वैसे भी दीपा जी दो साल पहले एक भीषण किस्म के दर्द से गुजर चुकी थीं। उस दर्द ने उनके मन को कड़ा बना दिया था। उनकी नजर में प्रह्लाद की खासियत महज इतनी थी कि वह बुरा लड़का नहीं था। लड़कियों के लिए अच्छे और बुरे पुरुषों की कैटेगरी बनाना एक जरूरी काम होता है। जो बुरे होते हैं, उनसे वे दूरी बनाकर रहती हैं और जो अच्छे होते हैं, उनके पास आने पर भी वे सहज महसूस करती हैं। बुरे लड़कों की निगाहें बुरी होती हैं और स्पर्श भी।

वैसे भी यह एक छोटा-सा वाकया था। कहानी एक घंटे में भी खत्म हो सकती थी, अगर प्रह्लाद की नौकरी नहीं छूटती और हरजीत भाई उसे अपने घर से सटी दुकान में काम करने का ऑफर नहीं देते। मगर नियति ने दुबारा अपना जाल फेंका। अब स्पाइडर मैन बिलकुल करीब आ गया था। कई महीनों के लिए। वह पीली सूट वाली लड़की को रोज दस बार देखने लगा और हर बार और अधिक देखने की तड़प के साथ।

पीली सूट वाली लड़की के बुलेटप्रूफ हृदय में अभी प्यार का तीर नहीं चुभा था। अभी वह नियति के फरेब से अनजान थी। अभी भी प्रह्लाद एक ऐसा लड़का था जो बुरा नहीं था। उसके पास आने पर वह असहज नहीं होती। दुपट्टा सँभालने की जरूरत नहीं थी। एक नई बात यह हुई थी कि उसे पता चल गया था—बिहारी इतने बुरे नहीं होते, जैसा आम तौर पर दूसरे लोग कहते हैं। ये लोग तो औरतों को इज्जत देना जानते हैं।

मगर क्या यह एक बीज था? जो भी हो, अभी दीपा जी ने रेडियो पर लता के मशहूर गीत 'ठोकर न लगाना' हम खुद हैं गिरती हुई दीवारों की तरह...' सुनते वक्त प्रह्लाद के बारे में नहीं सोचती थीं। जबकि प्रह्लाद जब भी दीपा जी को इस तरह के गाने सुनता पाता, सोचने लगता कि कैसे गाना बदल दें और 'दिलवाले दुलहनिया ले जाएँगे' का गाना, 'मेरे ख्वाबों में जो आए...' लगा दें।

वह दुकान की खिड़की से बार-बार आँगन में झाँकता। दिन भर में गिनती सौ को पार कर जाती। मगर एक बार भी दीपा जी की नजर उस खिड़की की तरफ नहीं होती। वे चाय के टाइम, नाश्ते के टाइम, खाना खाने के वक्त ही थे जब दीपा जी को उसका खयाल आता था। इन्हीं हालात में प्रह्लाद ने सोचा था कि अब रेडियो में ही घुसना पड़ेगा। और वह दिन आ ही गया जब प्रह्लाद ने दीपा जी के रेडियो में घुसने का उपाय ढूँढ़ लिया।

यह भी नियति की ही चाल थी, वरना कहाँ दीपा जी और कहाँ रेडियो कोसी! दोनों, असम्भव बातें सम्भव हुईं और आज उसके जीवन का हिस्सा हैं।

रेडियो में घुसने की कहानी कुछ इस तरह शुरू हुई। एक लड़का कोडलेस माइक ठीक कराने आया था। प्रह्लाद ने इससे पहले कभी कोडलेस माइक नहीं देखा था। एक ऐसा माइक जिसमें कोई तार नहीं लगता है और फिर भी उसमें जो कुछ कहिए, उसे दूर पड़ा स्पीकर कैच कर लेता है। यह यंत्र उसके लिए हैरत का पिटारा था। उन दिनों हरजीत भाई गाँव गए हुए थे। दुकान उसी के जिम्मे थी। उसने अपने मन का आश्चर्य उस लड़के के सामने जाहिर नहीं किया और उससे एक हफ्ते का समय ले लिया।

ग्राहक के जाते ही उसने माइक का पुरजा-पुरजा खोल दिया और उसके साइंस को समझने में भिड़ गया। दो दिन तक दिन-रात वह उस रहस्य से परदा हटाने की कोशिश करता रहा। वह इस काम में ऐसा रमा कि उसने खिड़की से दीपा जी की तरफ झाँकना भी छोड़ दिया। एक ही धुन थी। उसके मन में यह उम्मीद जड़ जमा चुकी थी कि यही तकनीक उसे रेडियो के अन्दर घुसा सकती है।

और तीसरे दिन सुबह-सुबह उसकी आवाज दीपा जी के रेडियो में गूँज रही थी। दीपा जी को पहले-पहल लगा कि रेडियो के सिग्नल में कोई खराबी आ गई है। वे मीटर साफ करने लगीं। तभी प्रह्लाद ने कहा, अरे दीपा जी, यह हमरी आवाज है...हम प्रह्लाद बोल रहे हैं। उस रोज दीपा जी की निगाहें पहली बार उस खिड़की की तरफ उठीं। वहाँ बैठे प्रह्लाद के हाथों में कोडलेस माइक था। चमत्कार हो चुका था।

दीपा जी को जैसे ही यह बात समझ में आई कि उनके रेडियो में प्रह्लाद की आवाज गूँज रही है, वह दौड़ती हुई दुकान के अन्दर जा घुसीं। फिर प्रह्लाद ने उन्हें दिखाया कि कैसे आवाज उस रेडियो तक जा सकती है। दीपा जी ने खुद अपने हाथ में माइक लेकर इस प्रयोग को दुहराया। अब उनकी खुद की आवाज भी उनके अपने रेडियो से आ रही थी।

"गजब...यह तो कमाल है! कैसे किया?"

"बस, कुछ-कुछ खोल-खाल कर रहे थे कि हो गया।"

"एक बार फिर बोलूँ?"

दीपा के चेहरे से पहली बार खुशी छलक रही थी। ऐसा लग रहा था, जैसे वह दस साल की छोटी बच्ची में बदल गई हों।

"नहीं।"

प्रह्लाद ने न चाहते हुए भी दीपा को मना कर दिया और उनके हाथ से माइक ले लिया।

"यह आवाज सिर्फ आपके रेडियो से ही नहीं, बल्कि आस-पास के घरों में इस स्टेशन पर बज रहे सभी रेडियो से आ रही होगी दीपा जी।"

"फिर...? मैं एक बार फिर से अपनी आवाज रेडियो में सुनना चाहती हूँ।"

"हो जाएगा, मगर इसके लिए इसका मीटर बदलना होगा।"

"मतलब?"

"इसको ऐसे मीटर पर फिक्स करना होगा, जहाँ कोई दूसरा स्टेशन नहीं बजता हो। पाँच मिनट दम धरिए, हो जाएगा।"

"हमें भी तो बताओ, कैसे होगा?"

"पहले अपना रेडियो जाकर ले आइए।"

रेडियो लेकर वापस लौटी दीपा जी ने देखा कि प्रह्लाद के टेबुल पर कुछ टांजिस्टर और कुछ चिप्स पड़े थे जो एक-दूसरे से जुड़े थे।

प्रह्लाद ने बताया, यही है वह मशीन जिससे यह कमाल हुआ है। अब इसका मीटर फिक्स करना है।

"मीटर कितना रखा जाए?" प्रह्लाद ने पूछा।

"मतलब?"

"अपने स्टेशन का मीटर क्या होगा?"

"मतलब...तुम अपना रेडियो स्टेशन तैयार कर रहे हो?"

"रेडियो स्टेशन ही तो है। इस पर जो बोलेंगे, आस-पास के इलाके में जितना रेडियो है, सब पर सुनाई देगा। जो उस नम्बर पर जाएगा, वह सुन लेगा।"

"कौन से वेबलेंथ पर यह काम करेगा?"

"मतलब?"

"मतलब...शार्ट मीडियम या एफएम..."

"आप क्या सुन रही थीं?"

"एफएम।"

"तो उसी पर काम करेगा।"

"तो तुमको पता नहीं था कि तुम किस वेबलेंथ पर काम कर रहे हो?"

"अरे हम कोई इंजीनियर हैं, मीटर घुमाते-घुमाते जहाँ पकड़ा गया, वहीं बजा दिये।"

"ठीक है, ठीक है। ऐसा करो। अगर एफएम पर 82.7 नम्बर खाली है, तो उसी को अपना स्टेशन बना दो।"

प्रह्लाद पूछना चाह रहा था? 82.7 क्यों, मगर पूछ नहीं पाया। बाद में दीपा जी ने बताया, इसी साल सातवें (जुलाई) महीने में उनका जन्म हुआ था।

बहरहाल 82.7 पर स्टेशन फिक्स कर दिया गया और यही 82.7 बाद में 'रेडियो कोसी' का भी स्टेशन बना।

जैसे ही स्टेशन फिक्स हुआ, दीपा जी माइक लेकर दौड़ती हुई अपने कमरे में चली गईं। कुछ ही पल में रेडियो पर दीपा जी की मधुर आवाज गूँज रही थी।

"प्रह्लाद! आज तुमने बहुत बड़ा काम किया है। तुमको शायद अहसास न हो, मगर तुमने एक आविष्कार कर डाला है। दो ट्रांजिस्टर और चार चिप से रेडियो स्टेशन बना लिया है। भैया गाँव से लौट के आते हैं तो उनसे कहकर तुम्हारे इस उपलब्धि को अखबार में छपवाने का इन्तजाम करती हूँ। प्रह्लाद, आइ एम प्राउड ऑफ यू। मतलब, मुझे तुम पर गर्व है। मेरे घर के एक मेम्बर, मेरे दोस्त ने आज बहुत बड़ा काम किया है।"

जब दीपा जी की आवाज में यह बात रेडियो पर गूँज रही थी, प्रह्लाद के पूरे शरीर में झुरझुरी हो रही थी। एक पल में सब कुछ बदल गया था। जिस दीपा जी की एक झलक पाने के लिए वह दिन में सौ बार खिड़की से झाँकता था, वह उसकी तारीफ में कशीदे गढ़ रही थीं।

सचमुच उस दिन सब कुछ बदल गया। दीपा जी और रेडियो ने जो उस रोज उसकी जिन्दगी में पहला कदम रखा, वह आज तक बरकरार है। उसे इन दोनों का भरपूर स्नेह लगातार आज तक मिल रहा है। वह सचमुच किस्मतवाला है, वरना कोसी कछार के अभागे लड़के के नसीब में इतनी खुशी थोड़े ही होती है। मगर यह कहानी अभी आधी है। अभी दीपा जी ने एक ही कदम आगे बढ़ाया है। अभी 'रेडियो कोसी' का सिर्फ स्टेशन नम्बर ही फाइनल हुआ है।

'रेडियो कोसी' और दीपा जी की कथा एक दूसरे से इतनी गुँथी हुई है कि इसमें से एक की कहानी को अलग करना बहुत मुश्किल है। जब वह दीपा जी की कथा किसी को सुनाने लगता है तो अपने-आप 'रेडियो कोसी' की कथा साथ-साथ चलने लगती है। आज वह 'रेडियो

कोसी' की कथा गुन रहा है तो भला दीपा जी की कथा कैसे इससे अलग हो?

तो उस वक्त जब दीपा जी माइक लेकर प्रह्लाद की शान में कशीदे पढ़ रही थीं, उनके मन में कुछ भी नहीं था। वे सच्चे दिल से एक आविष्कारक की तारीफ कर रही थीं। मगर जैसे ही उन्होंने बोलना बन्द किया और रेडियो लाने दुकान की तरफ बढ़ीं, उनके मन में यह सवाल कूद पड़ा, प्रह्लाद क्या सोच रहा होगा, मतलब प्रह्लाद ने इन बातों को सामान्य तौर पर लिया होगा या उसके मन में इस बात ने प्रेम का अंकुर तो नहीं उगा दिया होगा? मतलब प्रह्लाद एक जवान लड़का है और वह एक जवान लड़की। आम तौर पर इस उम्र में हर नजदीकी प्रेम की सम्भावना को जन्म देती है। उन्होंने कहीं गलत तो नहीं कर दिया? क्या उन्हें एक झटके में इतना खुलना चाहिए था? प्रह्लाद को इतना लिफ्ट देना ठीक नहीं हुआ। उन्हें रौ में नहीं बहना था। मतलब, एक झिझक। अब यह झिझक उनके चेहरे पर सवार थी। उसी झिझक के साथ वह दुकान में पहुँचीं। उनकी निगाहें झुकी हुई थीं। चुपचाप रेडियो उठाया और लौट गईं। एक बार भी सिर उठाकर प्रह्लाद की ओर नहीं देखा। भागते हुए अपने कमरे में घुस गईं, रेडियो रखा और अपने बिस्तर पर बैठ गईं। दिमाग वहीं लटका था।

अब दूसरा संकोच। इस बार उन्होंने ज्यादा बेरुखी दिखा दी। उन्हें नॉर्मल रहना चाहिए था। एक-आध बात कह देतीं तो क्या होता? अब प्रह्लाद सोच रहा होगा, उसे कोई बात बुरी लग गई है। जबकि उन्हें प्रह्लाद की कोई बात बुरी कहाँ लगी है। उसकी गलती भी कहाँ है। रेडियो पर बोलने का मन तो उन्हें ही हुआ था। वह इतनी उत्साहित थीं कि मुँह से प्रह्लाद की तारीफ ही निकल गई। उन्हें एक बार फिर जाकर सारी बातें नॉर्मल कर लेनी होगी। नहीं तो प्रह्लाद को बुरा लगेगा। नॉर्मल ही तो करना है, नॉर्मल दिखना ही जरूरी है।

दीपा सोचती रहीं। मगर अब नॉर्मल हो पाना मुमकिन कहाँ था। वायरस उनके अन्दर चुपके-चुपके घुस गया था। बहुत तेजी से वह अपनी संख्या बढ़ाने में जुटा था। दीपा जी डिजास्टर मैनेजमेंट में जुटी थीं। उन्होंने सोचा, प्रह्लाद को चाय ही पिला दी जाए। हालाँकि यह चाय का वक्त नहीं था, मगर, कहा जा सकता था कि आज इस खुशी के मौके पर एक कप स्पेशल चाय...

दीपा जी ने झटपट दो कप चाय तैयार की और दुकान की ओर बढ़ चलीं। दरवाजे तक पहुँचते-पहुँचते उनके कदम फिर डगमगाने लगे। कहीं प्रह्लाद कोई गलत मतलब तो नहीं निकाल लेगा? उन्होंने कदम वापस खींच लिया। मगर जैसे पलटीं, रसोई के बाहर माँ नजर आ गईं। माँ को वह क्या कहेंगी कि चाय लेकर कहाँ गई थीं और लौट क्यों रही हैं।

अन्दर जाने में ही भलाई है। मगर दुकान के दरवाजे तक पहुँचते-पहुँचते उनका हार्ट बीट डबल हो चुका था। वह बिलकुल नर्वस हो गई थीं। अन्दर घुसना ही होगा। मगर वह कुछ भी बोल पाने की स्थिति में नहीं थीं। दोनों प्याले प्रह्लाद के सामने टेबुल पर रखे और तेजी से वापस हो गईं।

प्रह्लाद के सामने चाय के दो कप पड़े थे। वह अवाक् था। आखिर हो क्या रहा है?

दीपा जी इस बार जब लौटीं तो सीधे बिस्तर पर जा पड़ीं। उनका दिमाग बेकाबू हो चुका था। भलाई इसी में थी कि वे सोचना बन्द कर दें। तकिए में चेहरा छुपाकर वह सो गईं। उनकी आँखों से भरपूर आँसू निकल रहे थे। पूरा शरीर थर-थर काँप रहा था। उसी हालत में वह आधे घंटे सोती रहीं। थोड़ी देर में आँसू बहना बन्द हुआ, शरीर शान्त हुआ। धड़कनें नॉर्मल हुईं। एक नींद का झोंका आया।

गरमागरम चाय के दोनों प्याले प्रह्लाद के सामने पड़े थे। वह बेंच पर बैठा था। दीपा जी की तारीफ भरी बातें सुनकर खुशियों की जो

लहर उसके मन में उठी थी, वह अब बवंडर की तरह साँय-साँय कर रही थी। पहले दीपा जी का चुपचाप आकर रेडियो ले जाना और फिर घबराई हालत में दो प्याली चाय रख जाना—कुछ तो गड़बड़ जरूर है। कहीं रेडियो में घुसनेवाले इस व्यापार की खबर माताजी तक तो नहीं चल गई? नहीं...अगर ऐसा होता तो दीपा जी चाय लेकर क्यों आतीं? अभी तो चाय का वक्त भी नहीं है। दो कप चाय...भाई साहब भी नहीं हैं। फिर दो कप चाय का क्या मतलब? दीपा जी को कुछ बुरा तो नहीं लग गया? मन हुआ, एक बार खिड़की से झाँककर देखे, मगर उठने की हिम्मत नहीं हुई। हिम्मत तो कप उठाकर चाय पीने की भी नहीं हो रही थी। दोनों कप उसके सामने पड़े थे, वह उन्हें लगातार देखे जा रहा था। आँखें धुँधलाने लगी थीं। मगर वह नजर हटा नहीं पा रहा था। वह तो बैठने की पोजीशन तक बदल नहीं पा रहा था। जैसे किसी ने स्टैच्यू कह दिया हो! देर तक इसी स्थिति में बैठा रहा।

दीपा जब उठीं तो उनका माथा भारी लग रहा था। आईने में चेहरा देखा, बिलकुल सफेद हो गया था। याद आया, ढेर सारा काम पड़ा है। अपने खुले हुए बालों को समेटकर जूड़ा बनाते हुए बाहर बरामदे पर आईं। अनायास ही निगाहें उस खिड़की की ओर उठ गईं। खिड़की के पास बैठा प्रह्लाद एक टक उन्हीं की तरफ देख रहा था। उनने चेहरा झुका लिया। किचेन की ओर बढ़ चलीं। दरवाजे पर पहुँचकर एक बार फिर उस खिड़की की तरफ देखा। प्रह्लाद उसी हालत में था। एकटक देख रहा था।

"क्या हुआ...?" फँसी-फँसी आवाज दीपा जी के गले से निकली।

"चाय..." यह आवाज तो उससे भी महीन थी। जैसे किसी तरह गले से बाहर निकली हो!

दीपा जी को जोर से हँसी आ गई। प्रह्लाद अवाक् होकर उनका चेहरा देख रहा था।

"आती हूँ।" दीपा जी दुकान की ओर बढ़ चलीं। वह बेकार परेशान थीं। प्रह्लाद तो बड़ा सीधा लड़का है। बेधड़क अन्दर गईं। कहा :

"दोनों के लिए चाय लाई थी।"

"किस दोनों के लिए।"

"हम दोनों के लिए, और किसके लिए! अचानक तबीयत खराब हो गई, इसलिए लौटना पड़ा। अभी गरम करके लाती हूँ।"

दोनों कप लेकर दीपा लौट गईं। प्रह्लाद की हिम्मत नहीं हुई कि पूछे कि तबीयत को क्या हुआ...अच्छा हुआ...वरना दीपा जी क्या जवाब देतीं?

दीपा जी बाहर निकलीं तो इस बार फिर सामने में माताजी थीं। उनकी आँखों में ढेर सारे सवाल थे। मगर दीपा जी ने फिलहाल तमाम सवालों को होल्ड पर रख दिया। चाय पीकर सारे सवालों का जवाब तफसील से देंगी।

तफसील की नौबत नहीं आई। माताजी ने बिना पूछे सब समझ लिया था। उन्हें लगता था कि उनके पेट से पैदा हुई यह बच्ची अगर पाँच फीट दो इंच लम्बी हो गई है तो इसका मतलब यह नहीं है कि यह क्या करती है, उनकी समझ में नहीं आए। बचपन से ही वह अपने मन से ही तो समझती आई हैं कि कब इसको भूख लगती है, कब प्यास। उनने पूछा नहीं, नजरों से बता दिया।

मगर जितना कुछ माताजी समझ रही थीं, दीपा जी की समझ वहाँ तक नहीं गई थी। दीपा जी ने पहली बार अपनी माँ के आँखों में अपने इस अँकुआते रिश्ते का भविष्य देखा। अभी उन्होंने एक कदम आगे नहीं बढ़ाया था, माँ की निगाहें कह रही थीं जैसे उन्होंने सर्वस्व निछावर कर दिया है। साथ बैठकर एक कप चाय पीने का मतलब यह

तो नहीं कि शादी का कार्ड छपवाना शुरू कर दिया जाए। रंजीत जब घर आया था तो माँ ने ऐसे रिएक्ट कहाँ किया था। क्या सिर्फ इसलिए कि प्रह्लाद गरीब है, बिहारी है?

माँ-बेटी के बीच अबोला शुरू हो गया। दीपा जी ने भी तय कर लिया, माँ की सोच बदलने के लिए तो कम-से-कम वह प्रह्लाद से मिलना-जुलना नहीं छोड़ेंगी। माँ को जो सोचना है, सोचें। अब वह काम खत्म करके सीधे प्रह्लाद के पास पहुँच जातीं और देर तक बैठी रहतीं। इधर-उधर की बातें गपियातीं।

माताजी की निगाहों में अब प्रह्लाद के प्रति भी नफरत दिखने लगी थी। जब उनका आमना-सामना होता तो प्रह्लाद इस बात को साफ-साफ नोटिस करता। कभी बातचीत की नौबत आती तो वह कड़ुआहट जुबान में मौजूद रहती। उसकी समझ में आ रहा था कि यह कड़ुआहट क्यों है, मगर वह क्या कर सकता था? दीपा जी को वह बुलाता नहीं था। आतीं भी तो भरसक रिजर्व रहने की कोशिश करता। हालाँकि मन में बसी देवी को दूसरों की भावना के खातिर वह कब तक ठुकरा सकता था? दीपा जी आतीं तो उसके मन में पुरबा बयार बहने लगती और जब चली जातीं तो पछुआ की साँय-साँय का मुकाबला करता।

एक रोज बातें कुछ ज्यादा हो गईं और दोनों को होश नहीं रहा कि शाम का धुँधलका गहरा गया है। माताजी तो जैसे इसी मौके का इन्तजार कर रही थीं। दनदनाती हुई मौका-ए-वारदात पर पहुँच गईं।

"ऐ प्रह्लाद, हरजीत नहीं है तो तैने आजादी मिल गई क्या? जब देखो, गपियाता रह्न्दा...काम-धन्धा कुछ नहीं है दुकान में? बिकवा के रहेगा उसकी दुकान—ऐं..."

प्रह्लाद तो नौकर है, उसको तो कहा ही जा सकता है।

मगर प्रह्लाद जब तक सँभलता और जी...जी कहके अपनी बेगुनाही साबित करने की कोशिश करता, दीपा ने मोरचा सँभाल लिया।

"मेरा गुस्सा इस बेचारे पर क्यों उतार रही हैं? मैं आती हूँ इससे गपियाने की खातिर, ये मेरे पास नहीं आता। जो कहना है, सीधा मुझसे कह।"

"घर आजा महरानी...लाज-शरम घोलकर पी गई है।"

बहरहाल दीपा के घर जाने के बाद दोनों माँ-बेटी में कैसा युद्ध हुआ, इसकी जानकारी प्रह्लाद को नहीं है। मगर वह खुद इस वाकये के बाद सतर्क हो गया। दीपा अगर आतीं भी तो वह हाँ-हूँ ही करता रहता ताकि दीपा जी जल्द लौट जाएँ और फिर से कोई और सीन क्रियेट न हो।

एक रोज दीपा जी ने उसे टोक ही दिया, "अगर यह नौकरी छूट गई तो लगता नहीं, तुझे कोई दूसरी नौकरी मिल पाएगी। तभी इतना डरा-डरा रहता है।"

कोसी कछार का सीधा-सादा युवक, जिसने अब तक की पूरी जिन्दगी दूसरों के अहसान तले ही गुजारी। उसे पता नहीं था कि कुछ मौके ऐसे भी होते हैं, जब रीढ़ सीधा कर खड़ा हो जाना पड़ता है और दूसरों की आँखों में आँखें डालकर अपना हक वसूल लेना पड़ता है। लिहाजा दीपा जी के इस खून खौला देनेवाले कमेंट पर भी वह थोड़ा ही हिला।

उसने कहा, "जी, दीपा जी, नौकरी तो मिल जाएगी, मगर हरजीत भाई को क्या मुँह दिखाऊँगा?"

"ठीक है, हरजीत भाई को ही मुँह दिखाते रहना। मुझे अब कभी मुँह नहीं दिखाना। तेरे पर तो कोई अंगार डाल दे तब भी तू हिलेगा नहीं।" इतना कहकर दीपा जी तमतमाती हुई लौट गईं।

प्रह्लाद पर तो जैसे वज्रपात हो गया। मगर दीपा जी का ही कहना सही साबित हुआ। इस वज्रपात के बाद भी प्रह्लाद ने दुकान से बाहर आकर दीपा जी को मनाने की कोशिश नहीं की। वह किसी शहीद की तरह खिड़की से लगातार बाहर देखता रहता। दीपा जी उसे देखकर नफरत से मुँह फेर लेतीं और वह इसे अपना प्रतिदान मानकर सहता

रहता। ऐसे ही कई दिन गुजर गए। अब हरजीत भाई के आने में एक ही हफ्ता बाकी रह गया था। दीपा जी ने अपनी किस्मत को स्वीकार कर लिया और मान लिया कि अब जो कुछ भी करना है, उन्हें ही करना होगा। शाम के वक्त जब वे चाय देने गईं तो उन्होंने कह दिया, "कल दस बजे तैयार रहना, मैंनुँ तेरे नाल (तुझसे) कुछ गल (बात) करनी है।"

माताजी पौने दस के करीब गुरुद्वारे जाती थीं तो लौटकर साढ़े ग्यारह बजे आती थीं, यह प्रह्लाद को पता था। उसका दिल इस अहसास से रात भर धड़कता रहा कि दीपा जी क्या कहनेवाली हैं।

सुबह उठते ही दीपा जी ने झटपट किचेन का काम निबटाया और सीधे बाथरूम में घुस गईं। माताजी ने पूछा, "कहीं जाना है कुड़ी?"

"नहीं।"

"फिर...सवेरे-सवेरे?"

"ऐवें..."

नहा-धोकर निकली दीपा सीधे ड्रेसिंग टेबुल के पास पहुँच गईं। माताजी का माथा ठनका, कई बार बिना बाल सँवारे कॉलेज चली जानेवाली दीपा को हो क्या गया है? मगर थोड़ी देर बाद बात दिमाग से निकल गई।

पौने दस बजे माताजी जब गुरुद्वारे के लिए निकलीं तब दीपा ने गोदरेज से अपना वह ड्रेस निकाला जो पिछले साल उनने खरीदा था, मगर पहना आज तक नहीं था। यह पिंक कलर का टॉप था और रेड एंड ह्वाइट चेक का स्कर्ट। ड्रेस रखकर बाहर निकलीं। खिड़की से आँगन की ओर झाँक रहे प्रह्लाद पर नजर डाली। पास जाकर कहा, "इन्तजार करना। लड़कियाँ जब दस कहती हैं तो इसका मतलब दस नहीं होता है।"

वापस आकर तैयार होने लगीं।

सवा दस बजे दुकान के दरवाजे पर दस्तक हुई। प्रह्लाद दम साधे इस दस्तक का इन्तजार कर रहा था। दरवाजा खोला तो ओस में भीगा

एक गुलाब फूल नजर आया। अधखिला। गुलाब के बाल गीले थे। चेहरा दीये की तरह दमक रहा था और कपड़े ताजी पंखुड़ियों सरीखे लग रहे थे। इस गुलाब फूल को देखने के लिए तो वह तमाम उम्र इन्तजार करने के लिए तैयार था।

दीपा जी के सुबह-सुबह बाथरूम में घुस जाने से प्रह्लाद को कुछ-कुछ भनक लग गई थी। वह भी नहा-धोकर तैयार बैठा था।

दीपा ने उसे देखा तो कहा—"वाह! तुम भी तैयार हो।"

"जी।" यह कहकर प्रह्लाद दीपा को अन्दर आने का रास्ता देने लगा।

"आज यहाँ नहीं।"

"फिर?"

"अन्दर चलो।"

"अन्दर?"

"हाँ। हमारे ड्राइंग रूम में। आज वहीं बात करेंगे।"

प्रह्लाद के मन में कई सवाल कौंधे, मगर वह चुप रहा। चुपचाप दीपा के पीछे चल पड़ा।

4

"तू करेगा या मुझे ही यह भी करना पड़ेगा!" दीपा जी ने प्रह्लाद से पूछा।

"क्या?"

"वही जो अपने बीच इतने दिनों से चल रहा है, उसका नाम क्या है और उसका अंजाम क्या है? यह तो तय करना पड़ेगा न मिस्टर।"

मुझे मालूम था, यह भी मुझे ही करना होगा। कुछ तो सोचा कर। लड़कियाँ कभी ये सब करती हैं? सुना नहीं, 'राम तेरी गंगा मैली' का गाना? 'कोई हसीना कदम, पहले बढ़ाती नहीं'। दीपा ने मुस्कुराते हुए कहा।

दूसरी ओर प्रह्लाद भयंकर कँपकँपी का शिकार हुआ बैठा था। वह बाहर से खुद को सहज रखने की कोशिश कर रहा था, मगर अन्दर बुखार की शुरुआत जैसी हालत थी। इतने झटके एक साथ सहने की हालत में नहीं था। एक तो अभी-अभी सोफे पर बैठनेवाला गधा-जनम छूटा था, उसका झटका अलग था। वह यह तय कर भी नहीं पाया था कि सोफे के पीछे शरीर टिकाना उचित माना जाएगा या नहीं, कहीं कोई हास्यास्पद स्थिति तो पैदा नहीं हो जाएगी! तभी हसीना की ओर से कदम बढ़ाने की चुनौती पेश कर दी गई।

इस बार तो बिना जवाब के काम चलनेवाला नहीं था। कहीं नाराज होकर दीपा जी कमरे से भगा न दें। प्रह्लाद के गले से मरी-मरी आवाज निकली, "हम तै...या...र हैं..." 'हैं' तक पहुँचते-पहुँचते आवाज सीटी में बदल गई।

दीपा जी का मन जोर से ठहाका लगाने का हुआ, मगर उन्होंने बड़ी मुश्किल से उसे हल्की मुस्कुराहट में बदला।

"चलो, अच्छा लगा जानकर कि तुम तैयार हो। इतना काफी है।"

कुछ देर चुप रहने के बाद दीपा जी ने कहा, "देखो प्रह्लाद, तुम्हारी बात मैं नहीं जानती मगर मेरे लिए यह कोई साधारण बात नहीं है। हम लोगों के बीच एक रिश्ता बनने लगा है, इसे नाम देना है। आज एक मौका है। आज तुम चाहो तो इससे अलग हो सकते हो। कह सकते हो कि तुम्हें अब इससे आगे नहीं जाना। तुम ऐसा कह दो तो हम लोग कल से मिलना-जुलना, बात करना बन्द कर देंगे। मगर आज के बाद अगर यह रिश्ता आगे बढ़ता है तो इसका वही अंजाम होगा जो तुम भी समझ रहे होगे। फिर तुम 'न' नहीं कहना। वैसे तुम कह भी डालोगे

तो तुम्हारा मैं कर भी क्या सकती हूँ, अपना ही करूँगी। तुम मुझे सिर्फ इतना बता दो, इस रिश्ते को आगे बढ़ाना है या नहीं।"

प्रह्लाद ने देखा, अचानक मुस्कुराते-मुस्कुराते दीपा जी गम्भीर हो गई थीं। वह डरा भी था, घबराया भी और परेशान भी हुआ। मगर कोसी का सुकलुचियापन कहाँ मरनेवाला था। न चाहते हुए भी उसने कह ही दिया :

"आप तो बरतुहारी कर रही हैं।"

"बरतुहारी क्या होता है?"

"हमारे तरफ जब कोई शादी के रिश्ता की बात करने जाता है, तो उसको बरतुहारी कहते हैं दीपा जी। और आज पहली बार हम किसी कुमारी कन्या को बरतुहारी करते हुए देख रहे हैं।"

प्रह्लाद की बात खत्म नहीं हुई थी कि दीपा जी का ठहाका गूँजने लगा।

उन्होंने झट से अपनी जगह से उठकर प्रह्लाद को चूम लिया।

"मेरी पसन्द गलत नहीं है प्रह्लाद। तुम्हारे साथ जीवन खुशियों की बारात होगी। बस, तुम अपना इरादा मत बदलना।"

"मेरी तो कोई बात नहीं है दीपा जी। आप सोच लीजिए और आपको हम विचारने का मौका पूरी जिन्दगी देंगे। क्योंकि जो पूरी दुनिया को लगती है, वही हमको भी लगता है कि हमारा-आपका कोई जोड़ नहीं है। आपका साथ मेरे लिए एक सपना था, जो सपना भगवान ने पूरा कर दिया। साथ-साथ जीवन गुजारना इतना आसान नहीं होता। हमारा गाँव आपने नहीं देखा है। जब गाँव की बेटी भी उस गाँव में नहीं रहना चाहती तो आप कैसे रहेंगी? इसलिए हम अपनी तरफ से इतना ही कहेंगे कि आज आपको यह रिश्ता ठीक लग रहा है तो ठीक है, इसको तय कर लीजिए। मगर बाद में आपको लगेगा कि प्रह्लाद के साथ जीना मुश्किल है, तो आपको प्रह्लाद के बारे

में एक बार भी सोचने की जरूरत नहीं। यह मेरा कंडीशन है। आप जब चाहें, इस प्रह्लाद से बाय-बाय कहके रिश्ते की डोर को लूज कर सकती हैं और हमसे दूर जा सकती हैं। डोर को तोड़ने की बात हम नहीं कह रहे हैं दीपा जी, क्योंकि रिश्ते में एक मिठास होती है, तोड़ने पर वह मिठास कड़वाहट में बदल जाती है। इसलिए तोड़िएगा मत, लूज कर लीजिएगा। मिठास भी बची रह जाएगी और बन्धन से आजादी भी मिल जाएगी।"

"तुझे जितना चखती हूँ, तुम उतने ही मीठे नजर आते हो कोसी के छोरे। इतना टेस्टी हसबैंड कोई लड़की नहीं छोड़ सकती डियर। अब यह सब बन्द करो, समय कम है और काम बहुत सारा। मेरी माताजी कभी भी टपक सकती हैं।"

इसके बाद दीपा जी उठकर बगल वाले कमरे की ओर भागीं। लौटीं तो हाथ में मिठाई का प्लेट था। अपने हाथों से एक बरफी हमको खिलाया और हमसे भी ऐसा ही करने के लिए कहने लगीं। शरमाते-लजाते हुए हम भी उनको बरफी खिला ही दिये।

फिर वे तत्काल प्वाइंट पर आ गईं, कहने लगीं कि अब हमको उनके भाई का दुकान हर हालत में छोड़ना पड़ेगा। उनकी माताजी प्लान बनाकर बैठी हैं, उनके भाई के गाँव से लौटकर आते ही शिकायत करेंगी और फिर मेरा वह हाल करवाएँगी कि...।

खैर, तय हुआ कि हम आज शाम या कल सुबह माताजी को चाभी सौंपकर दुकान छोड़कर चले जाएँ और शहर के आस-पास ही कोई और काम पकड़ लें। इस बीच में जब मौका मिलेगा, दीपा जी घर से निकलेंगी और फिर दोनों फुर्र...!

दीपा जी ने बहुत कुछ सोचकर रखा था, बोलीं, "जितना जल्दी हो, एक मशीन बनाकर अपने पास रख लें और उन्हें भी दे दें, ताकि रेडियो पर ही 82.7 मीटर पर हम दोनों बात कर सकें।"

अगले दिन हम उनका घर छोड़ चुके थे। शहर के पास ही एक ऑफिस में दरबान का काम मिल गया। रात में काम से जब फुरसत मिली तो अपना रेडियो वाला सामान निकाले और उस पर फुसफुसाए, दूसरी तरफ तो दीपा जी जैसे रेडी ही रहती थीं...।

हाय रे मीटर 82.7...मोबाइल का जमाना नहीं था रे भाई...तब भी हम लोग रोज शाम 9 बजे से रात 12 बजे तक बतियाते थे। फुसुर-फुसुर। आजकल लड़का-लड़की को मोबाइल पर बिजी देखते हैं तो ऊ जमाना याद आ जाता है।

दीपा जी ठीक सोचती थीं। दुकान जो हम छोड़ के चले गए तो अच्छा हुआ। दीपा जी की माताजी के मन के भरम मिटने लगा। हालाँकि उनके भाय साहब जब लौटके आए तो माताजी ने कहानी सुना ही दी और कहा कि जल्दी से इसकी शादी के लिए लड़का देखो। माताजी ने भी अपने मायके के रिश्तेदारों से पूछताछ शुरू कर दिया था। हालाँकि अभी लड़का फाइनल होने का काम दिल्ली दूर था। मगर, एक रात को दीपा जी ने कहा कि कल हम लोगों को निकल जाना है। हमारे मन में जोश आया कि हम दिलवाले दुलहनिया का शाहरुख खान बन जाएँ और माताजी को कहें कि दीपा जी को हमसे बेसी कोई और खुश नहीं रख पाएगा। मगर इतनी हिम्मत नहीं हुई। हम जानते थे कि हमारी बात सुनकर माताजी हँसेंगी ही...खैर...वही हुआ।

5

अचानक प्रह्लाद को लगा कि कोई उसको झकझोर रहा है। आँखें खोलीं तो सामने दीपा जी थीं। वह हड़बड़ाकर उठ बैठा। अभी तो वह उनके साथ ट्रेन पर बैठा ही था, इतनी जल्दी गाँव कैसे पहुँच गया?

फिर देखा कि दीपा जी ने सलवार-सूट नहीं, साड़ी पहन रखा है। हाथ में चाय की प्याली है।

"जल्दी आँख धोओ और चाय पियो। जिस टीवी रिपोर्टर को लेकर आए हो, वह तुम्हारा इन्तजार कर रहा है।"

"आयं! अरे अभी तो आधा कहानी ही सोचे थे मैडम। अभी तो गुरदासपुर से ट्रेन पर बैठे ही थे।"

"क्या मतलब?"

"अरे अनिरुद्ध भाय जो हैं न, रेडियो कोसी पर 'डोकमेंटरी' बनाएँगे। हमसे कहानी पूछेंगे अभी। तो लेटे-लेटे कहानी जोड़ रहे थे। अभी गुरदासपुर से निकले ही थे कि आप उठा दीं।"

दीपा मुँह पर हाथ रखकर हँसने लगीं। 'रेडियो कोसी' पर डॉक्यूमेंट्री बनाएगा, अच्छी बात है। मेरा कहा सच हुआ न, हम कहे थे न कि इस आविष्कार को पेपर में छपवाएँगे?"

"मगर आधा कहानी।"

"अरे हम बता देंगे, मेरे स्पाइडरमैन। चलो, वहाँ कैमरा सेट करके, पत्रकार इन्तजार कर रहा है।"

प्रह्लाद ने झट से कुल्ला किया और उस जगह पहुँच गया जहाँ अनिरुद्ध कैमरा सेट कर आसन जमाकर बैठे थे। यह जगह उसके रेडियो स्टेशन वाले घर के ठीक सामने थी, जिसका नाम उसने 'रेडियो कोठली' रख दिया था। यह पन्द्रह बाइ पन्द्रह का एक फूस का घर था, जिसमें एक ही कमरा था। घर की दीवारें भी बाँस के टाट की ही बनी थीं, जिस पर मिट्टी का पलस्तर किया हुआ था। दीवारों पर गोबर और रंग से कई चित्र बने थे, जो पड़ोस के गाँव में रहनेवाली आदिवासी औरतों ने बना दिये थे। छप्पर की छौनी खर से की गई थी जो कोसी के पेट में बहुतायत में मिलती थी, मगर उसके ऊपर कई तरह की एंटेनानुमा चीजें इस तरह लगी थीं, जैसे 'चन्द्रकान्ता' सीरियल के क्रूर सिंह के बाल हों!

सामने बाँस की बत्तियों से बेंचनुमा मचान बना हुआ था, यह लोगों के बैठने की जगह थी। एक-दो लकड़ी की कुरसियाँ भी थीं। अनिरुद्ध 'रेडियो कोठली' को बैकग्राउंड बनाकर प्रह्लाद से बात करना चाह रहे थे, सो कैमरे को ट्राइपॉड पर लगाकर एक कुरसी पर बैठ गए थे। प्रह्लाद शरमाते-सकुचाते वहाँ पहुँचा और कहने लगा, "अनिरुद्ध भाय, झपकी लग गई थी।"

अनिरुद्ध ने माइक को प्रह्लाद के कॉलर में लगा दिया और सामने किसी कुरसी पर बैठने कहा। प्रह्लाद मचाननुमा बाँस के बेंच पर बैठ गया।

"अनिरुद्ध भाय, दीपा जी को भी साथ रख सकते हैं?"

"जरूर ये तुम्हारी पत्नी हैं ना?"

"जी।"

"सवेरे ये ही आँगन में झाड़ू देती हुई एंकरिंग कर रही थीं। मैंने देखा था। आइए, आप भी साथ बैठिए। मैंने आपका सुबह वाला सीन सूट कर लिया है। अगर आप लोगों की इजाजत होगी तो उसे भी इस्तेमाल करना चाहूँगा।"

"कर सकते हैं।" इस बार दीपा ने बातचीत की कमान अपने हाथ में ली, "यह तो हमारा रोज का काम है। इसमें क्या झिझक!"

"अरे, आप तो बहुत अच्छी हिन्दी बोल लेती हैं।"

अनिरुद्ध को अब तक दीपा के बारे में ठीक से पता नहीं था।

"मुझे तो आपकी टिप्पणी इस बात पर चाहिए कि मेरी मैथिली कैसी है। सुबह आपने सुना था न, अब बताइए, मेरी मैथिली कैसी है?"

"अच्छी है। वह तो आप बोलेंगी ही न। आपकी मातृभाषा है।"

"जी, आप समझे नहीं। मेरी मातृभाषा मैथिली नहीं, पंजाबी है। प्रह्लाद ने बताया नहीं?"

अनिरुद्ध के मुँह से फिर 'आयं...' निकल गया। यह कोसकन्हा का छौरा कितना झटका देता है।

तभी शूटिंग देख रही भीड़ से आवाज आई, "लभ मैरीज है अनिरुद्ध भाय। कोठ मैरीज। हलाँकि कोठ-कचहरी हम लोग जाने नहीं दिये। गामे में बियाह करबाके फोटो-फाटो खिंचवा दिये थे।"

अनिरुद्ध भाई को लगा कि कहीं जनता इनके प्रेम-कहानी की कोठी में हाथ न डाल दे। ऐसा हुआ तो दिन भर इसी रसचर्चा में बीत जाएगा। उन्होंने लोगों को रोककर झटपट इंटरव्यू शुरू कर दिया। बीच-बीच में कई एक्शन शूट किए—प्रह्लाद और दीपा जी से एंकरिंग करवाते हुए। प्रह्लाद से छप्पर पर चढ़कर एंटेना ठीक करवाते हुए। और कई और सीन।

इंटरव्यू के दौरान प्रह्लाद ने गुरदासपुर में रेडियो स्टेशन बनने और वहाँ से भागने की कहानी तो बता दी, मगर जब यह बताने की बारी आई कि गाँव में रेडियो स्टेशन कैसे खोला तो वह लड़खड़ाने लगा।

उसने हँसते हुए बताया, "जानते हैं अनिरुद्ध भाय, जब हम लोग पंजाब से भागकर आए तो दीपा जी के हाथ में एक बड़ा बैग था, मगर पटना पहुँचते-पहुँचते दीपा जी ने फरमाइश कर दी कि एक जोड़ी कपड़ा तो खरीदना ही पड़ेगा। हम बोले कि इतने बड़े बैग में एक भी कपड़ा नहीं है, तो जानते हैं, दीपा जी क्या बोलीं? अरे नहीं, इसमें तो मेरा रेडियो, डेक और कैसेट है। यही रेडियो, डेक और कैसेट हमको दहेज मिला तो हम और कर ही क्या सकते थे? गाँव में रेडियो स्टेशन ही शुरू कर दिये।"

इस पर अनिरुद्ध ने कहा, "चलो, अब आगे की कहानी दीपा जी को ही सुनाने दो। उनकी नजर से हम जानने की कोशिश करते हैं कि एक पंजाब की लड़की कैसे कोसी बाँध के भीतर के गाँव में पहुँची

और कैसे तुम लोगों ने यहाँ 'रेडियो कोसी' शुरू किया। क्यों दीपा जी, ठीक है न...।

उस दौरान मेरे जीवन में कई बड़ी चीजें एक साथ पहली बार हुईं।

दीपा जी ने अनिरुद्ध की तरफ देखते हुए अपनी बात शुरू की। अनिरुद्ध ने महसूस किया कि दीपा का मुस्कुराता हुआ चेहरा धीरे-धीरे गम्भीर हो रहा है। मगर अगले ही क्षण दीपा के चेहरे पर फिर वही मुस्कान थी।

पहली रेल यात्रा। आप विश्वास नहीं करेंगे, इससे पहले कभी मैं रेल पर नहीं चढ़ी थी। देखा भी सिर्फ सिग्नल पर ही था। लोहे की इस लम्बी-चौड़ी मशीन को देखकर मुझे हमेशा अजीब-सा लगता था। हमें कहीं जाना-आना भी होता था तो हम हमेशा बस पर जाते या शुरुआत में पापा जी की गाड़ी पर। हालाँकि सारे रिश्तेदार तो आस-पास ही थे, जाना कहाँ था! जैसे-जैसे उम्र बढ़ी, कहीं आना-जाना बन्द-सा ही हो गया।

...वैसे हमने थोड़ा उलटा रूट चुना था। क्योंकि हमें मालूम था कि मेरे निकलने के दो घंटे के अन्दर मेरी ढुँढ़वाई शुरू हो जाएगी और पहला छापा बिहार जानेवाली ट्रेनों पर पड़ेगा। सो हमने उत्तराखंड और यूपी का रास्ता पकड़ लिया और बार्डर के किनारे-किनारे कई छोटी-बड़ी ट्रेनों को पकड़ते-छोड़ते गोरखपुर होते हुए सहरसा तक पहुँचे। पूरे तीन दिन में।

जब हम सहरसा स्टेशन पहुँचे तो सुबह के आठ बज रहे थे। तीन दिन चली लगातार यात्रा के कारण शरीर थककर चूर-चूर हो चुका था। मैं चाह रही थी कि कहीं फ्रेश हो जाऊँ, मौका मिले तो नहा लूँ, ठीक से तैयार हो जाऊँ ताकि प्रह्लाद के गाँव पहुँचूँ तो थोड़ी ठीक लगूँ। वहाँ हमारे साथ क्या बर्ताव होनेवाला था, यह तो प्रह्लाद भी नहीं जानता था। मगर उस वक्त सहरसा स्टेशन पर वेटिंग रूम भी ठीक-ठाक नहीं

था और होटल जाना खतरे से खाली नहीं था। इन तमाम अभिलाषाओं को पूरा करने के लिए एक सुलभ शौचालय ही नसीब हुआ। ऐसे में मैंने पहली दफा इस गाँव में कदम सलवार-सूट में ही रखा। आप तो जानते ही होंगे कि हमारे गाँव में दुलहन पहली दफा साड़ी में ही घर आती है। खैर..., तब माताजी थीं और उन्होंने मुझे तमाम झमेलों से उबार लिया।

माताजी खूब नाराज थीं मगर अपने बेटे से। मुझसे नहीं। मैं उनके लिए मेहमान थी। माँ-बेटे खूब बहस करते कि क्यों बिना पूछे दूसरे समाज में शादी की। मगर मेरे सामने नहीं, कहीं अकेले में। मेरे सामने मीठी बातचीत होती थी, "कोई परेशानी तो नहीं, कुछ चाहिए तो नहीं, यहाँ कैसा लग रहा है," वगैरह-वगैरह। बहरहाल यह सब भी बमुश्किल दो हफ्ते चला। माताजी ने मान लिया, अब यही बहू है और उन्होंने गाँव के लोगों को भी समझा दिया कि अब क्या किया जाए। फिर एक जोरदार दावत हुई, भोज कहते हैं हम लोग। गाँव भर के लोग हमारे घर आए और उन्हें पूरी-सब्जी और मिठाई खिलाई गई। अगले दिन औरतें और लड़कियाँ आईं, मुझे देखने। तब तक साड़ी का इन्तजाम हो चुका था और मुझे घूँघट लेना सिखा दिया गया था, साथ ही गाँव के लोगों को भी माताजी ने समझा दिया था कि बहू जिस इलाके में है, वहाँ घूँघट ज्यादा नहीं लेते। इसलिए अगर उससे कोई चूक हो जाए तो दिल पर नहीं लेना है। इस बिना पर मुझे थोड़ी लिबर्टी भी मिली। बहरहाल, लोगों ने मुझे देखा-परखा और स्वीकार कर लिया। फिर मैं पंजाब वाली कनिया हो गई।

इसके बाद तो दिन भर लड़के-लड़कियाँ मेरे पास जुटे रहते और पंजाब के रीति-रिवाज पूछा करते। वहाँ के माहौल के बारे में बातें करते। प्रह्लाद ने मेरे लिए टेपरिकॉर्ड चलते रहने का इन्तजाम कर दिया था। उसे मालूम था कि गीतों के बगैर मेरा काम नहीं चल सकता। अब मेरे

साथ-साथ गाँव के लड़के-लड़कियों को भी गाने सुनने की बीमारी होने लगी थी। इस तरह छह महीने बीत गए।

फिर सवाल उठा कि रोजी-रोटी का क्या हो? घर की खेती से इतना कुछ नहीं होता कि हम तीन लोगों का गुजारा चल सके। दूसरा विकल्प था कि प्रह्लाद फिर से दिल्ली, पंजाब या कहीं और जाए, जो मैं चाहती नहीं थी। बात चली कि कोई दुकान खोली जाए और सहरसा से सामान लाकर यहाँ बेचा जाए। उसके लिए पैसा चाहिए था, जो था नहीं। मैंने ऑफर किया कि मेरे गले में जो सोने की चेन पड़ी है, उसे बेच लो, चेन फिर खरीद ली जाएगी। मगर माताजी ने ऐसा करने नहीं दिया। उन्होंने अपने ही पिटारे से एक पुराना जेवर निकाला और उसे रेहन पर रखकर पैसों का इन्तजाम हुआ और दरवाजे पर किराने की दुकान खुल गई।

मगर दुकानदारी तो इन महाराज जी से चलनेवाली नहीं थी। पड़ोस के बच्चे आ गए तो टॉफी कैसे नहीं देंगे? फलाँ भाई जी के बच्चों से क्या पैसे लेंगे...? फलाँपुर वाली चाची का बेटा बम्बई में रहता है, सो उनका राशन उधार ही चलता है। छह महीने बाद जब बेटा आएगा तो पैसा चुकेगा। नहीं भी चुकेगा तो क्या उधार बन्द कर दिया जाए? दुकान पर चार लोग आकर बैठ गए तो उनको चाय-पान भी कराना है। अब चाय-पान के चक्कर में बूढ़े-बुजुर्ग दुकान पर बैठे रह गए तो औरतें राशन लेने कैसे आएँगी? खैर, नुकसान नहीं हुआ। मगर कभी इतनी आमदनी नहीं हुई कि गृहस्थी ठाठ से चल सके।

इधर मेरे पास संगीत के रसिकों की भीड़ घट ही नहीं रही थी। दिन भर लड़के-लड़कियाँ मँडराते रहते। फरमाइश करते कि कभी 'साजन' का गीत सुनाइए तो कभी 'दीवाना' का। रोज बाँध के उस पार से बैटरी चार्ज कराकर लाना एक अलग मुसीबत थी। गाँव में बिजली तो है नहीं। मगर इसको लेकर कभी परेशानी नहीं हुई। मल्लाह

चाचा जी का जो लड़का है, वह खुद गीत-संगीत का शौकीन है। वही रोज सुबह बैटरी लेकर जाता है और शाम को चार्ज बैटरी पहुँचा जाता था। मगर उन दिनों एक बार बैटरी चार्ज कराने का दस रुपये लगते थे। तब सोलर प्लेट भी नहीं आए थे, आज तो इनकी वजह से काफी सुविधा हो गई है।

फिर भी जिन्दगी के खूबसूरत दिनों की तरह वे दिन आराम से कट रहे थे। बेफिक्री थी।

पहली बार जब इस गाँव को देखा था तो मेरी हिम्मत डगमगा गई थी। आज तक मिट्टी के घर में नहीं रही, बिजली का कोई नामोनिशान नहीं। फर्श से लेकर आँगन तक हर जगह मिट्टी। कहीं आने-जाने की कोई राह नहीं। बारिश में घर टपकने लगता तो गरमियों में रात भर पंखा झलते हुए जागना पड़ता। पूरे दिन साड़ी पहनकर रहना पड़ता और कोई घर आए तो घूँघट लेना पड़ता। मगर दो महीने में लगने लगा कि यह मेरा गाँव है और मैं यहीं की बेटी-बहू हूँ।

मेरे दूर देश के होने के कारण लोगों ने मुझे अधिक स्नेह दिया। ज्यादा सहूलियतें दीं और मेरी गलतियों को नजरअन्दाज किया। आज भी लोग मुझे मेहमान की तरह देखते हैं। मैं अच्छी तरह मैथिली बोल लेती हूँ, मगर मुझसे हिन्दी में ही बात करने की कोशिश करते हैं। जो लड़के पंजाब में काम करके लौटते हैं, वे तो पंजाबी में बतियाते हैं। बरसात में कीचड़ में चलने में मुझे परेशानी न हो, इसके लिए माताजी ने खास तौर पर पूरे आँगन में ईंटें बिछवा दी हैं। तो मैं उस दौर की बात बता रही थी कि आमदनी से जुड़ी तमाम परेशानियों के बावजूद जीवन बहुत सुखद था। दिन भर लोगों से बतियाना, हँसी-ठट्ठे करना, गाने सुनना और गानों-फिल्मों पर बातें करना, चाय और नाश्तों का दौर। जैसे जीवन में कोई फिक्र ही न हो! माताजी ने साल भर मेरे रसोई में घुसने पर रोक लगा दी थी। तो अब कोई काम ही नहीं था मेरे पास।

मगर इस रूटीन से हर कोई खुश नहीं था। कुछ लोग ऐसे थे जो बहुत दुखी थे। वे मेरे सबसे करीबी लोगों में से थे। उन्हें खुश करने की कोशिश में ही 'रेडियो कोसी' ने आकार लिया।"

6

"इन दिनों तुम्हारे चेहरे पर वैसी चमक नजर नहीं आती, जैसी शुरुआती दिनों में थी, जब हम लोग यहाँ आए थे। क्या हुआ है प्रह्लाद बाबू?" उन दिनों यह सवाल मैं कई बार प्रह्लाद से पूछ चुकी थी। प्रह्लाद हर बार मुस्कुरा देता। ज्यादा जोर देने पर कहता कि रोजी-रोजगार का ठिकाना नहीं हुआ तो क्या होगा? मगर धीरे-धीरे मेरी समझ में आने लगा था कि बात महज इतनी नहीं है।

एक बार प्रह्लाद ने इशारा भी किया था कि माँ को हर वक्त लोगों की भीड़ पसन्द नहीं है। हालाँकि परेशानी लोगों से नहीं थी। मसला यह था कि माताजी चाहती थीं कि उन्हें अपनी बहू से बतियाने का मौका मिले, जो मिल नहीं पा रहा था। अपने गाँव के ही बच्चे थे, उन्हें भी कुछ कहा नहीं जा सकता था।

हमारे गाँवों का माहौल बहुत अनौपचारिक है, अनिरुद्ध जी। यहाँ कोई किसी के घर जाने में औपचारिकता नहीं बरतता। फलाँ मामा मुरगों के बाँग देने से पहले भी आँगन में आ सकते हैं, माँ से हालचाल पूछने और रात के दस बजे भी किसी को कोई चिट्ठी पढ़वानी हो तो पंजाब वाली बहू का नाम लेते हुए आँगन में घुस सकता है। इसमें कोई बुराई नहीं है। अब तो सुना है, शहरों में लोग फोन करके टाइम लेते हैं फिर मिलने जाते हैं। मेरे जमाने में तो फोन भी कुछ ही घरों में था।

मगर शायद माताजी के मन में ढेर सारी बातें थीं, जो वह मुझसे करना चाहती थीं, मगर मेरे पास वक्त नहीं था। दिन भर बच्चे और लड़के-लड़कियों से घिरी रहती थीं। दरअसल, माताजी यह भी चाहती थीं कि मैं अपना अधिक वक्त प्रह्लाद के साथ गुजारूँ। सम्भवतः इसी वजह से उन्होंने मुझे घरेलू काम-काज से मुक्त रखा था। और प्रह्लाद बाबू क्या सोचते थे, यह तो मुझे मालूम ही नहीं। उन्हें भी मुझसे बातें करने का मौका रात आठ बजे के बाद ही मिलता था। दिन भर वे अलग-अलग बहाने से आँगन आते थे और मुझे लोगों के बीच व्यस्त देखकर लौट जाते थे। लगता था कि वे गुरदासपुर वाले ही दिन हों जब मिलने के लिए चाय, नाश्ते और खाने का मौका ही मिलता हो।

मैं समझ रही थी, मगर उन लोगों के अपनेपन को ठुकराना भी ठीक नहीं था। वैसे मुझे पता था कि वे गाना सुनने आते हैं। अगर उनके घर में गीत-संगीत सुनने का इन्तजाम हो जाए तो उन्हें दिन भर यहाँ रहने की जरूरत न हो। वह राधा थी, जिसके घर में हमने पहली बार रेडियो बजाया। राधा के बाबूजी कलकत्ता से लौटे थे तो रेडियो लेकर आए थे। दरअसल किसी ने उन्हें थमा दिया था—उधार पैसों के बदले, मगर यहाँ आने पर जब किसी स्टेशन पर कोई चैनल नहीं पकड़ा तो उन्होंने राधा के जरिये मेरे पास भेजा कि पंजाब वाली कनिया से पूछना यह कैसे चलता है।

पंजाब वाली कनिया को पता था कि इस गाँव में कोई रेडियो स्टेशन नहीं पकड़ सकता है। मैं राधा को मना करने ही वाली थी कि उसे रेडियो 82.7 की याद आई जो प्रह्लाद और दीपा का साझा अनुसन्धान था। उसने रेडियो का मीटर 82.7 एफएम पर सेट कर दिया और राधा को कहा कि घर ले जाओ, रेडियो बजेगा। इस बीच प्रह्लाद की बनाई मशीन को अपने टेपरिकॉर्ड के पास रख दिया था।

अब राधा के रेडियो में गाने आने लगे थे। और वही गाने जो

पंजाब वाली कनिया के घर में बजते थे। धीरे-धीरे गाँव में दूसरे लोगों ने भी रेडियो खरीद लिया और उनके घरों में भी गाने बजने लगे। महज एक साल में गाँव में सौ से अधिक रेडियो खरीदे जा चुके थे।

गानों की फरमाइशें होने लगीं और सूचनाएँ भी आने लगीं। काम भी बढ़ गया और खर्च भी। ऐसे में गाँव के लोगों ने खुद तय किया कि हर फरमाइश पर पाँच रुपये और हर सूचना पर सात रुपये देंगे। दिन भर में 30-35 फरमाइशें और इतनी ही सूचनाएँ भी आ जाती हैं। हमारे गाँव में ठाठ से रहने के लिए इससे अधिक पैसों की जरूरत ही नहीं है।

और सवाल पैसों का नहीं है। मैंने कभी नहीं सोचा था कि मैं जीवन में इतना इम्पॉर्टेंट काम करूँगी। वहाँ रहती तो क्या करती? शादी के बाद किसी का घर सँभालती। कहीं नौकरी लग जाती तो नौकरी बजाती। मगर आज पचास गाँव के लोग मुझे सुनते हैं। उन्हें लगता है कि 'रेडियो कोसी' पर उनकी सूचना आ जाएगी तो उनका काम हो जाएगा। मैं सोचती हूँ, यह मेरी खुशनसीबी है कि भगवान ने मेरे लिए ऐसा जीवन चुना।" कहते-कहते दीपा जी का गला रुँधने लगा।

कैमरे की आँख से झाँक रहे अनिरुद्ध के लिए यह परफेक्ट बाइट थी। मगर दीपा जी खुद इस वक्त जिस हालत में थीं, उन्हें नॉर्मल करने के लिए वह क्या कहे, इसकी बाइट उन्हें मिल नहीं रही थी। वह सामान समेटने लगा।

[2001]

बाँध के भीतर पुलिस

1

रमना मल्लाह का भतीजा दुखना आज बहुत बुरी खबर लेकर गाँव आया। शिबना के मचान पर चल रही सन्तो काकी के भोज की मीमांसा को लोगों को बीच में ही रोकना पड़ा और अगल-बगल खेल रहे एक चरवाहे को दौड़ा दिया गया।

"एक्सप्रेस बनके जाओ और देख के आओ, रेडियो वाला प्रह्लाद मास्टर घर पर है कि नहीं। जल्दी आना। पंजाब वाली कनिया का मुँह निहारने में नहीं रह जाना।"

एक्सप्रेस के खुलने से पहले उसे फिर से रोका गया।

"अरे, घर पर होगा तो बुला ही लेना। मुखिया जी यहीं बठे हैं, जो करना होगा, यहीं डिसीजन कर लिया जाएगा।"

डिसीजन की बात सुनके चरवाहा घबरा गया। कहीं रेडी टेसन को बन्द करने का पिलान तो नहीं है? मगर उसकी हिम्मत इतने बड़े लोगों से सवाल पूछने की नहीं हुई। दो-तीन साल पहले तक हर छह महीने में मुखिया जी रेडियो कोसी को बन्द करने का औडर जारी कर देते थे। मगर दो-तीन दिन बाद फिर से शुरू करवाना पड़ता था। उनकी छोटकी बेटी खुद खाना-पीना छोड़ के खटवास पकड़ लेती थी।

इस बीच मुखिया जी ने दुखना से फिर तफतीश करने की कोशिश की।

"की रे बाबू, कहाँ से ई खबर लाए हो—बाँध के भीतर पुलिस...? हमरे जीते-जी तो आज तक ऐसा नहीं हुआ था। भारी से भारी मडर केस में भी पुलिस बाँध पर हाजिरी करवा के लौट जाती थी। कौन माय का जनमल दरोगा आ गया है, जिसको बाँध के भीतर घुसने का कलेजा हो गया?"

"मुखिया जी, हमको भी तो यही लगता था। मगर हरिरामा चौकीदार है न अलीराजपुर का, आज हमको कह रहा था, परसों तीन ठो नाव रेडी रखना। दरोगा जी और पुलिस पार्टी आएगी छापा मारने। प्रहलदवा जाली रेडी टेसन चला रहा है न। दुन्नू बर-कनिया का सहरसा जेल का जतरा बन गया है।"

"अ...च्...च्छा...!" मुखिया जी ने प्वाइंट को समझने के भाव से कहा।

"रे दुखना, हरिरामा डूटी से कब लौटता है? आज घुरते (लौटते) बकत नाह (नाव) पकड़ने आएगा न, तो इहाँ ले आना तो हमरे दुआर पर।"

प्रह्लाद ने जब यह खबर सुनी कि उसे और दीपा जी को गिरफ्तार करने पुलिस आ रही है और उसका रेडियो स्टेशन जाली है तो उसका माथा झनझना गया। उसने कभी सोचा नहीं था कि रेडियो स्टेशन खोलने का भी नियम-कायदा होता है। और उसने कोई रेडियो स्टेशन तो खोला नहीं है। वह तो बस ऐसे ही टाइमपास के लिए इसको चला रहा था। दुहाई कोसी माय! अब क्या होगा?

मुखिया जी ने भरोसा दिलाते हुए कहा, "भैगना, तू फिकर मत कर। हम लोग किसलिए हैं? किस माइ का लाल पुलिस वाले का मजाल है कि बाँध के अन्दर घुसकर रेडियो स्टेशन बन्द करा दे और

हमारे गाँव से बाल-बच्चा को पकड़ के ले जाए। अगर सरकार है तो बाहर रहिए। सरकार के लिए जब हम लोग मरे हुए हैं तो फिर कानून काहे लादने आ रही है? जब हम लोग सावन-भादों में डूबे रहते हैं तब तो कोई सरकार नहीं आती। आज सरकार को सरकार बनने का शौख हुआ है। साँझ को हरिरामा आता है तो गाँव भर के लोग बैठकर फैसला कर लेते हैं कि क्या करना है। गाँव में घुसने ही नहीं देंगे। एक भी मल्लाह पुलिस वाले को नाह (नाव) नहीं देगा। तू जा, घर जा, सब ठीक हो जाएगा।"

दीपा जी को बात कुछ-कुछ समझ में आने लगी। उन्होंने कहीं पढ़ा था कि "रेडियो स्टेशन चलाने के लिए लाइसेंस लेना पड़ता है और रेडियो में सिर्फ गाना सुनाया जा सकता है, समाचार नहीं। कुछ तो गड़बड़ी हो ही गई है। मगर इस गाँव में जहाँ न पेपर आता है, न टीवी चलता है, ऐसी जगह के लिए तो इतना कड़ा नियम नहीं होना चाहिए। अनिरुद्ध भी स्टोरी करने आए थे तो हम लोगों की तारीफ ही कर रहे थे। फिर अचानक सरकार को यह गलत कैसे लगने लगा?"

मुखिया जी के दुआर पर रात को बैठकी होगी, यह फाइनल हो गया था। प्रह्लाद को उम्मीद थी कि मुखिया मामा कुछ-न-कुछ तो करेंगे ही। पुलिस के हाथ तो हम लोगों को पड़ने नहीं देंगे। वैसे भी बाँध के भीतर पुलिस घुस जाए, ऐसा आज तक हुआ नहीं था। उसको मालूम है, बाँध के नाम से पुलिस-दरोगा को मलेरिया बोखार धर लेता है। नदी-नाला हेलना सबके बस की बात नहीं। इसीलिए तो भारी-भारी केस वाला हसामी सब बाँध के भीतर में छुपकर रहता है। दीरा (दियारा-द्वीप) पर बथानिया और पसीबा सब के झोंपड़ी में भाड़ा देकर। मगर जब चौकीदार बोल रहा है तो जरूर कोई सीरियस बात है। नै तो नाह किराया पर लेने का बात नहीं करता।

प्रह्लाद सोच रहा था कि रेडियो स्टेशन चलाना गैरकानूनी हो सकता है, मगर इसकी शिकायत पुलिस में किसने की होगी, यह बात समझ में नहीं आ रही थी। बाँध के भीतर का कोई आदमी ऐसा दगाबाजी नहीं कर सकता, यह किसी बाहरी का काम है। कहीं अनिरुद्ध भाय की रिपोर्ट देख के तो पुलिस एक्सन नै लेने लगी? घर जाकर उसने फटाक से बक्सा खोला और डायरी के पिछलका पन्ना में लिखा अनिरुद्ध का नम्बर हथेली पर नोट किया और घाट की तरफ चल पड़ा।

हालाँकि थाना का चिरांय-चुनमुन भी प्रह्लाद को नहीं चीन्हता था, मगर उसको डर लग रहा था कि कहीं कोई बाजार में उसको धर न ले। गमछे से उसने अपना पूरा चेहरा ढक लिया कि कोई पहचान न ले। रबिन्दर का पीसीओ सुरक्षित था। काठ का घर जैसा बना था। न आवाज बाहर जाती थी, न बाहर की अन्दर आती थी। नम्बर डायल किया तो घंटी बजती रही, किसी ने फोन नहीं उठाया। वह लगातार आठ-दस बार नम्बर लगाता रहा, मगर किसी ने फोन नहीं उठाया। हारकर प्रह्लाद बाहर निकल गया। भूख लग गई थी सो शिवपूजन साह की दुकान पर बैठकर झिल्ली-कचरी खाई और चाय पी। मन एक मिनट के लिए शान्त नहीं हो रहा था। वह पैसा देकर बाहर ही निकल रहा था कि दुकान की बेंच पर रखे अखबार पर नजर पड़ गई। हेडिंग में लिखा था—'बाँध के अन्दर फर्जी रेडियो स्टेशन, एफएम वालों ने दर्ज कराया मुकदमा।'

उसने झट से अखबार उठाया और एक साँस में खबर पढ़ गया। पहली बार में उसको कुछ समझ नहीं आया। दुबारा उसने मन शान्त करके धीरे-धीरे खबर को पढ़ा तो कुछ-कुछ समझ आया। एक कम्पनी सहरसा में एफएम खोल रही थी, बहुत पैसा खर्च करके उसको एफएम खोलने का लाइसेंस मिला था। इस बीच उसको पता चला कि जिले

में पहले से एक रेडियो स्टेशन बिना लाइसेंस के चल रहा है, इसीलिए उसने उसके रेडियो स्टेशन को जाली बताकर उस पर मुकदमा किया है। वह सरकारी कानून बता रहा है कि बिना लाइसेंस के रेडियो स्टेशन चलाना तो अपराध है ही और उस पर समाचार जैसा कुछ भी बताना प्रतिबन्धित है।

वह परेशान हाल होकर लौटने लगा।

"ऐ हीरो—गमछा वाले, सुनो, तुम्हीं को कह रहे हैं।" —कोई चिल्ला रहा था।

प्रह्लाद ने पलटकर देखा तो रबिन्दर था, पीसीओ वाला।

"इधर आओ। अभी तुम्हीं दिल्ली फोन कर रहे थे न।"

"हाँ, कर तो रहे थे, मगर लगा कहाँ।" प्रह्लाद को लगा कि वह उससे पैसा माँगनेवाला है। "जानते हैं जी, फोन पर बात नहीं किए थे, करते तब न बिल उठता न।"

"मगर जहाँ तुम फोन किए थे न, वहाँ से फोन आया था। बोला तुरन्त फोन करने।"

तो अनिरुद्ध भाय ने कॉलबैक किया है? प्रह्लाद झट से पीसीओ में घुसा और नम्बर डायल किया।

"कौन...?" उधर से आवाज आई।

"प्रह्लाद बोल रहे हैं अनिरुद्ध भाय।"

"कौन प्रह्लाद?"

प्रह्लाद को इस जवाब की उम्मीद नहीं थी, अनिरुद्ध भाय उसको भूल गए। उनसे मिले पाँच साल बीत भी चुका था।

"अनिरुद्ध भाय, हम। रेडियो कोसी वाले।"

"अच्छा, प्रह्लाद? वाह, क्या बात है! कैसा है रे भाई?" इस बार अनिरुद्ध की आवाज में आत्मीयता फूट रही थी।

"अनिरुद्ध भाय, परेशानी में फँस गए हैं। किसी एफएम कम्पनी ने हमारे 'रेडियो कोसी' पर मुकदमा कर दी है। बन्द कराने कह रही है। पुलिस हम दोनों जीब को पकड़ने गाँव आ रही है। कहती है, हमारा रेडियो फर्जीबाड़ा है। गैरकानूनी है।"

"अच्छा...? तो बात यहाँ तक पहुँच गई? मैंने इस बारे में सोचा नहीं था भाई। तुम्हारा प्रोग्राम टीवी पर दिखाने के बाद एफएम स्टेशन के मालिकों ने लाइसेंस का सवाल उठाया था। बाद में एक दिन इस बारे में टीवी पर बहस भी हुई। मैंने कहा था कि लाइसेंस शहरों के लिए होना चाहिए, गाँव का आदमी अगर अपने तरीके से कोई छोटा-सा काम कर रहा है तो उसे लाइसेंस लेने की जरूरत क्यों होनी चाहिए? जैसे गाँव में छोटे-छोटे दुकानदार थोड़े ही लाइसेंस लेते हैं। मगर वे लोग मान नहीं रहे थे। उनका कहना था कि हम लोग लाखों रुपये फीस देकर लाइसेंस लेते हैं और हमारे फायदे पर लोग इस तरह कब्जा करने लगेंगे तो हमारा तो नुकसान ही हो जाएगा न। खैर, मैंने सोचा, बहस ही तो कर रहे हैं, कोसी में जाकर कार्रवाई तो नहीं करेंगे न। लेकिन प्रोग्राम चलाए हुए भी चार-पाँच साल बीत गया। लगता है, एफएम वालों को यू-ट्यूब पर कहीं इस प्रोग्राम का लिंक मिल गया होगा।"

"मगर हम क्या करें, अनिरुद्ध भाय?"

"कुछ समझ नहीं आ रहा प्रह्लाद। कानून तो कानून है। पुलिस तो अपना काम करेगी ही। हाँ, अदालत में तुम कहोगे कि तुमको इस कानून का पता नहीं था। अनजाने में गलती हुई है तो शायद रियायत मिल जाए।"

"मतलब, जेल जाना ही पड़ेगा...?"

"कुछ समझ नहीं आ रहा प्रह्लाद। कह सकते हो, सब मेरे कारण हुआ। मगर अब जो हालात हैं, सो तो हैं ही। शायद यही एक रास्ता बचा है।"

प्रह्लाद कुछ और बात करना चाहता था, मगर अनिरुद्ध ने कहा, "अभी हमको बुलेटिन देखना है प्रह्लाद। बाद में बात करते हैं।"

प्रह्लाद ने रबिन्दर का बिल चुकाया और भारी मन से गाँव लौटने लगा। रास्ते में प्रह्लाद को वे दिन याद आए जब अनिरुद्ध उसके घर आए थे। बात-बात पर रेडियो कोसी की तारीफ करते। कहते, मुझे बेच दो रेडियो कोसी। जब दस्तक टीवी पर रेडियो कोसी की रिपोर्ट आई थी तो दूर-दराज के एक परिचित ने प्रोग्राम रिकॉर्ड कर लिया था और सीडी बनाकर उसके गाँव में भेजा था। उस रोज गाँव में कितनी हलचल थी! टीवी-भीसीडी, बैटरी किराया पर मँगाया गया था। मुखिया जी के दलान पर सब लोगों ने साथ में बैठकर देखा था। अपना गाँव—अपने लोग का चेहरा, अपने रेडियो स्टेशन की कहानी। तब किसने सोचा था कि एक रोज यह प्रोग्राम इतना घातक हो जाएगा कि पुलिस-कचहरी की नौबत आ जाएगी?

अनिरुद्ध की बातों से ना-भरोस हुआ प्रह्लाद का मन रात में मुखिया जी के दुआर पर जमा भीड़ को देखकर थोड़ा थिर हुआ। दुआर पूरा खचाखच भरा था। नीचे सड़क पर भी लोग जमा थे। आना-जाना लगा हुआ था। ऐसा लग रहा था, पूरा गाँव ही पहुँच गया हो! जहाँ अनिरुद्ध कह रहे थे कि कानून तो अपना काम करेगा ही, वहाँ मुखिया जी के दुआर पर पहुँचे एक-एक इनसान के मुँह से यही बात निकल रही थी कि प्रह्लाद को कोई कैसे छू लेगा?

बैठकी अभी शुरू नहीं हुई थी। भीड़ टुकड़ों में बँटकर बातें कर रही थी। कोई कह रहा था कि सरकार को हम लोगों के बात में घुसने का क्या मतलब? जब हम लोग साल में छह महीना पानी में डूबे रहते हैं तब तो कोई देखने-पूछने नहीं आता। आज कानून समझाने आ रहे हैं!

कहीं बात हो रही थी कि रेडियो कोसी बन्द हो गया तो क्या होगा? बाँध के भीतर के लोगों का काम कैसे चलेगा? लोग प्रह्लाद और दीपा के बारे में बात कर रहे थे। और यह सोचकर परेशान हो रहे थे कि अगर ऐसे भोले-भाले बच्चे को पुलिस पकड़कर ले गई तो जेल में ये लोग समय कैसे काटेंगे?

एक कोने में चौकी की कनछी पर बैठा प्रह्लाद सोच रहा था कि उसके गाँव के लोग कितने अच्छे हैं जो उसकी तकलीफ के लिए फिक्रमन्द हैं! वह मन-ही-मन सोच रहा था कि इतने सालों में उसने जरूर कुछ अच्छा काम किया है, तभी तो उसको बचाने के लिए इतने परेशान हैं। कोई अनिरुद्ध भाय की तरह नहीं कह रहा कि जेल तो जाना ही पड़ेगा। कानून तो कानून है। वह सोच रहा था कि इतने लोग हैं तो उसको किसी-न-किसी तरह बचा ही लेंगे। मुखिया जी कोई न कोई उपाय निकाल ही लेंगे। मगर क्या सब लोग मिलकर पुलिस और सरकार का मुकाबला कर सकते हैं? अगर इन लोगों की कोशिश से काम नहीं बना तो, अगर पुलिस उसे और दीपा जी को पकड़कर जेल ले ही गई तो क्या होगा? उसने सुना था, जेल की दुनिया बहुत खराब होती है। वह तो झेल लेगा मगर दीपा जी का क्या होगा।

मुखिया जी के आने के बाद वाचाल भीड़ शान्त हो गई। मास्टर साब सुरेश मंडल, फौजी अभय सिंह, बुजुर्ग समाज के अध्यक्ष रामचरित्तर यादव भी पहुँचे हुए थे। सब लोगों के लिए कुर्सी लगाई गई थी। चार-पाँच चौकियाँ थीं, जिस पर गाँव के दूसरे सम्मानित लोग बैठे थे। औरतों के लिए बरामदे पर दरी बिछाई गई थी। वहाँ दीपा जी गाँव की दूसरी औरतों के साथ बैठी थीं। बाकी लोग दरी-चटाई, हल की चौकी, बेंच, जिसे जो जगह मिली, उस पर बैठे हुए थे।

सबको मालूम ही था मगर एहतियात के लिए प्रह्लाद से पूछ लिया गया कि क्या उसे मालूम था कि रेडियो स्टेशन बिना लाइसेंस के चलाना कानून के खिलाफ है? क्या यह बात उसे मालूम थी?

प्रह्लाद ने सिर हिलाकर इनकार कर दिया।

तभी अभय सिंह गुस्साकर खड़े हो गए, "कानून क्या होता है? बाँध के भीतर के आदमी को कोई कानून-प्रशासन का धौंस किस हक से देता है? फालतू बात है। कानून-वानून कुछ नहीं। रेडियो कोसी से हम सबका भला होता है। इसलिए कानून-पुलिस इसको रोकने आएगा तो हम उसको गाँव में घुसने नहीं देंगे।"

"तो क्या तीन दर्जन रायफलधारी फोर्स का मुकाबला कीजिएगा फौजी बाबू?" हरिरामा चौकीदार ने छूटते ही जवाब दिया।

"तुम बताओ हरिरामा, क्या गलती है इस बच्चा की? कोसी कन्हा के बदनसीब लोग का मनोरंजन कर रहा है। काम की बात करता है। उसको पकड़ने फोरस बुला रहे हो। काहे नहीं समझाते हो दरोगा जी को?" एक ग्रामीण ने हरिरामा चौकीदार से कहा।

"आपको क्या लगता है, हमरे कहने से दरोगा चलता है? हमको हुकुम हुआ नाह इन्तजाम करने का, इसलिए हमको पता चला। हम कुछ बोलेंगे तो हम्हीं को पकड़कर जेहल में ठूस देगा।"

मास्टर साहब बोले, "अच्छा हरिराम जी, आप हम लोगों को यह बताइए कि पुलिस लोग कब आएगा और क्या करना चाहता है उ लोग? आप तो हम लोगों के आदमी हैं, इसलिए पूछ रहे हैं।"

"इसमें कोई शक है मास्टर साहब! बाँध के भीतर का आदमी कभी बाहर वाला के साथ हो सकता है?" मुखिया जी ने माहौल को सँभालते हुए बात को पुख्ता किया।

हरिरामा का मन अब अन्दर से ठोस हुआ। उसने कहा, "मास्टर साहब, हम इतना ही जानते हैं कि परसों तीन दर्जन रायफलधारी फोर्स

आएगा। रेडियो स्टेशन को सीज करेगा और प्रह्लाद और पंजाब वाली कनिया को पकड़कर ले जाएगा।"

"पकड़कर ले जाने तो नहीं देंगे, चाहे जान जाए या रहे।" अभय सिंह फिर बमक उठे।

"शान्त रहो न फौजी, इ बात हरिरामा को क्यों सुना रहे हो?" मुखिया जी बोले।

"हरिरामा तो हम लोग का मदद कर रहा है। उ क्या बाहर का आदमी है? उ सही बोल रहा है। अब तीन दर्जन फोर्स आ रहा है तो हम लोग उसका मोकाबला तो कर नहीं पाएँगे। हाँ, हम पहले से सोचे हैं कि प्रह्लाद भगिना और पंजाब वाली कनिया को कहीं निकाल देंगे। कहाँ, ई बात हम किसी को नहीं बताएँगे। क्योंकि बात कहीं से कहीं जा सकता है। हरिरामा भाय, बुरा नहीं मानना। खाली तुम्हारा मामला नहीं है। इ बात सीकरेट तो रहना चाहिए न!"

"हाँ, ठीके कहते हैं मुखिया जी।" हरिरामा ने हाँ में हाँ मिला दिया।

"तो अब सब लोग निश्चिन्त होकर जाइए। बच्चा लोग को बचाना मेरा काम है। निश्चिन्त रहिए। पुलिस को इ दोनों जीब का गन्ध तक नहीं मिलेगा। जाइए, अपना घर जाइए। हाँ, रमना मलाह, आधा घंटा में अपना भतीजा दुखना को भेज देना।"

2

हरिरामा चौकीदार की बात सच निकली। बैठकी के दो दिन बाद तीन दर्जन फोर्स गाँव पहुँच गई। सुबह-सुबह लड़कों को ट्रेनिंग दे रहे फौजी सिंह ने जब राइफलधारी सिपाहियों को डगमगाती नाव से भगवान का नाम लेकर डरते-डरते उतरते हुए देखा तो वे अपनी हँसी रोक नहीं पाए।

बोले, "दरोगा जी, आपकी बटालियन की अगर करगिल में पोस्टिंग हो गई तो बेचारे लोग दिन-रात कंबल में घुसे रहेंगे और हनुमान चलीसा पढ़ते रहेंगे।"

नाव से उतारनेवाले तख्ते के बीचोबीच खड़े तीन सितारा साहब ने उनका हाथ पकड़कर सहारा दे रहे हरिरामा को कुछ इस तरह देखा, जैसे अगर वे जमीन पर होते तो इस बदतमीज को एक ही गोली में करगिल पहुँचा देते। उन्होंने घूरकर फुसफुसाते हुए पूछा, "के है इ भौंसड़ी का जनमल?"

गनीमत यह हुई कि दारोगा साहब की आवाज फौजी तक नहीं पहुँची। मगर इशारा करते देख, फौजी समझ गए कि उनके बारे में ही पूछा जा रहा है। मुस्कुराते हुए बोले, "हमरे बारे में दरियाफ्त कर रहे हैं न हुजूर सरकार। मेरा नाम अभय सिंह है। रिटायर सूबेदार हूँ और चार साल काश्मीर और तीन साल अरुणाचल बार्डर पर ड्यूटी बजा चुका हूँ। आपकी बटालियन की तरह तीन महीना का पेट होता तो सरकार हमें चुत्तर पर लात मारकर भगा देती। इसलिए आप अपनी बटालियन की ट्रेनिंग समय-समय पर कराते रहिए।"

अब दारोगा जी जमीन पर आ चुके थे। नाव पर चढ़ने के वक्त जो मन में घबराहट शुरू हुई थी, वह शान्त हो चुकी थी। अपने पद की गरिमा को बरकरार रखते हुए बोले, "सिविलियन ड्यूटी में दिमाग का काम होता है फौजी। यहाँ केस सोल्भ करना होता है, बोडर पर दरबानी नहीं करना पड़ता। बोडर पर तो मूरख फौजी से भी काम चल जाता है। हमारे बटालियन में सिपाही मूरख हो तो एक दिन नहीं काट सकता, समझे?"

दारोगा की बात सुनकर फौजी ने जोरदार ठहाका लगाया, "ठीक ही कहते हैं जनाब। मगर जब जनाब लोगों को दीरा-टापू, बाध-बन घूमना पड़ता है तो बड़ी परेशानी होती है। हम भी पचास साल के हो

गए। पहली बार कोसी के भीतर में बटालियन को देख रहे हैं। कोई बड़ी नक्सली वारदात हो गई है कि डकैत का गिरोह यहाँ छिपा है? कोई मदद की जरूरत होगी तो बताइएगा।"

फौजी का टेढ़ियल बात सुनकर दारोगा जी का मूड ऐसे ही अपसेट हो रहा था। अपने सिपाहियों के बीच इमेज खराब होने का भी खतरा था। बात खत्म करने के इरादे से बोले, "आप अपना परेड जारी रखो फौजी। हमको जो करना है, हम करेंगे।"

सिपाहियों की बारात बलुआही जमीन में धूल से बचते हुए किसी तरह आगे बढ़ रही थी। आगे-आगे हरिरामा के साथ घुटना पकड़-पकड़कर दारोगा जी चलते हुए सोच रहे थे, "एसपी साहब भी कहाँ-कहाँ फँसा देते हैं! इस छौरा का रेडियो स्टेशन बन्द कराने के लिए कहीं इतना फोर्स भेजना चाहिए था! थाना में बुलाकर डाँट देते तो अपने अमला-काफला समेटकर शान्त हो जाता। मगर बड़े लोगों की बड़ी बात। साला एफएम कम्पनी वाला दिल्ली से शिकायत करवाया है। हम लोगों का परेड करवा दिया है।"

पुलिस वालों का यह काफिला गाँव के लोगों के लिए कुतूहल का विषय था। कभी भी लोगों ने इस तरह पुलिस को गाँव में घूमते हुए नहीं देखा था। जानते तो सब थे कि ये लोग क्यों आए हैं, मगर अनजान बने दरवाजे पर बैठे थे, कि देखें, क्या करते हैं। बच्चे कुछ आगे बढ़कर राइफल को निहार रहे थे। और कुत्ते, जिन्हें न पुलिस की ताकत का अन्दाजा था, न मौके की नजाकत का, लगातार इस अजीबोगरीब बारात को घेरकर भूँके जा रहे थे। हरिरामा की डाँट का भी उन पर असर नहीं हो रहा था। गाँव के लोगों ने भी कुत्तों को शान्त कराने की कोशिश नहीं की, इसी बहाने उनके दिल को तसल्ली मिल रही थी।

बटालियन जब प्रह्लाद के दुआर पर पहुँची तो वहाँ सन्नाटा था। आँगन में जिस झोंपड़ी में रेडियो स्टेशन था, वहाँ छप्पर पर लाउडस्पीकर

टँगा था। अन्दर में थोड़ा-बहुत सामान पसरा था।

हरिरामा ने कहा, "यही रेडी स्टेशन है हुजूर।"

दारोगा साहब ने कौतूहल वश अपने मोबाइल से उसका फोटो खींच लिया और बटालियन के कुछ सिपाहियों से कहा, "रेडियो स्टेशन सीज कर लो और सामान कब्जा कर लो।" फिर हरिरामा से कहा, "जाओ, दोनों को ढूँढ़कर लाओ।"

थोड़ी देर में हरिरामा दो-तीन पड़ोसियों को पकड़कर ले आया। साथ में मुखिया जी भी पहुँच गए। पड़ोसियों ने बताया कि दोनों जीब परसों शाम ही कहीं निकल गए हैं, शायद लड़की के मायके।

"कहाँ है लड़की का मायका?" दारोगा जी ने पूछा।

"अरे उ तो बहुत दूर है निस्पेक्टर साहब। पंजाब की है पुतोह।"

"ओ...अच्छा...प्रेम प्रसंग..." दरोगा ने मुस्कुराते हुए कहा।

"अचानक आप लोग इस कोसकन्हा में हुजूर! हम यहाँ के मुखिया हैं। चलिए न दरवाजे पर, चाय-नास्ता का इन्तजाम किया जाता है। पहले से पता होता कि सरकार को आना है तो उन लोगों को दो दिन रोक लेते। हरिरामा से बुलावा भिजवा देते तो बचवा अपने थाना चला जाता। आप लोगों को यहाँ आने में कितना कष्ट हुआ होगा, बताइए! इतना परेशानी में आए भी और काम भी नहीं हुआ। हुजूर, परेशान मत होइए। जैसे ही बच्चा दस-पन्द्रह दिन बाद लौटा, हम उसको आपके पास भेज देंगे। जाओ रे हरिरामा, भौजी को कहना, चाय-नास्ता का इन्तजाम करेगी। हम हुजूर लोगों को दरवाजा पर लेकर आते हैं।" यह कहकर मुखिया जी साधिकार उन लोगों को लेकर अपने दरवाजे पर चले गए।

सुबह से भूखे-प्यासे, थके-माँदे दारोगा जी को भी मुखिया का ऑफर पसन्द आ गया। वे बिना नानुकर किए पुलिस टीम को लेकर उनके पीछे-पीछे चल पड़े।

मुखिया जी ने जानबूझकर लम्बा रास्ता चुना ताकि ये लोग और

थक जाएँ। रास्ते भर में दारोगा जी को सुनाते रहे कि उनको परेशान होने की जरूरत नहीं है। यह रेडियो स्टेशन अब बन्द ही समझिए। हम क्या सरकार के आदमी नहीं हैं? कानून लागू कराना तो हमारा भी काम है। नादान बच्चा था, कायदा-कानून नहीं जानता था, अब समझा देंगे। कहिए तो फटकार भी देंगे।"

और इस तरह खिला-पिलाकर उन्होंने पुलिस टीम की विदाई कर दी। खाली हाथ। न हासामी, न चढ़ावा। हाँ, सबूत के नाम पर पुराना लाउडस्पीकर था, थोड़े-से तार और एक माइक्रोफोन।

3

कोसी की बीच धार में नाव बही जा रही थी। गर्मी शुरू होने के कारण नदी में पानी बढ़ने लगा था। अब नाव चलाने की समस्या नहीं थी। दुखना मल्लाह का काम बस बाँस धँसाकर ठेल देना और हल्के-हल्के चप्पू मारना था। थक जाता तो मदद करने के लिए प्रह्लाद भी भिड़ जाता। दीपा बीच में बैठी टुकुर-टुकुर नजारे को देख रही थी। कोसी के पेट में बसी वह अनछुई धरती। नदी की धार, हरियाली और बालू के ढेर।

हालाँकि दीपा सालों से कोसी के पेट में रह रही थी और यहाँ के जन-जीवन में वह पूरी तरह रम गई थी। मगर उसे कभी कोसी की धार के साथ नाव पर सफर करने का मौका नहीं मिला था। वह जब भी इस इलाके को देखती तो उसे लगता कि यह अच्छा ही हुआ है कि सभ्यता के दानवों ने इस इलाके को बख्श दिया है। यहाँ न जले हुए पेट्रोल-मोबिल की गन्ध है, न गाड़ियों का शोर-शराबा। न कंकरीट के जंगल हैं, न बेवजह की भीड़-भाड़। यह वह दुनिया है जिसको इनसानों

ने कचरे में नहीं बदला है। इस दुनिया में इनसान भी एक किरदार ही है। बाकी दूसरे इलाकों को तो इनसानों ने खुद के मालिक होने के अहसास में तबाह कर दिया है।

नाव अब बस्ती से आगे निकल गई थी, नदी के दोनों किनारे ऊँची-ऊँची घास उगी हुई थी। प्रह्लाद ने बताया कि यह खर है, इससे हम लोगों के झोंपड़े की छत बनाई जाती है। कोसी के इलाके में यह बहुतायत में मिलती है। बाहर वालों को इसे खरीदने के लिए अच्छी-खासी रकम खर्च करनी पड़ती है। बाँध के भीतर रहनेवाले जिन लोगों के पास रोजी-रोजगार नहीं होता, वे खर बेचकर भी ठीक-ठाक पैसे कमा लेते हैं। दुखना उन दोनों की बात सुनकर मुस्कुरा रहा था।

दुखना को दीपा भौजी के आस-पास रहना, उसकी बातें सुनना काफी पसन्द था। वह सोचता था कि अगर बात करने का अवसर मिला तो वह उन्हें बताएगा कि वह ऐनमेन टीवी बाली लड़की जैसी लगती है। शीशा के गिलास में शरबत ढारते वक्त जैसा आवाज होता है, वैसा ही दीपा भौजी का बोली है। प्रह्लाद भाय तो भागमन्त हैं ही, पूरा गाँव भागमन्त है कि ऐसी पुतौह गाँव आई है। वह जानता है कि इतना बात वह दीपा भौजी को बोल नहीं पाएगा। भौजी के आगे उसका बकार भी नहीं फूटता है। ऐसा लगता है कि जीभ तालू में सट गया है।

बैठकी के बाद जब दुखना को मुखिया जी ने कहा कि प्रह्लाद और दीपा को लेकर फरकिया जाना है और जब तक थाना-पुलिस का मामला सलट नहीं जाता है, वहीं रहना है तो उसका मन प्रसन्न हो गया। हालाँकि वह कभी नाव लेकर फरकिया नहीं गया है, ज्यादा काम तो गाँव के लोग को इ-पार से उ-पार कराना रहता है। कभी-कभार साथी-संगत के साथ माछ मारने इधर-उधर जाता है। मगर ज्यादा से ज्यादा दू कोस।

न जाने कितने साल बाद प्रह्लाद अपने पिता के गाँव बलकुंडा

जा रहा था। पिता रहे नहीं, माँ मायके में बस गई तो फिर उस गाँव से क्या लेना-देना! उसने बस यही सुना था कि उसका गाँव धमहरा घाट के पास है—उसी जगह, जहाँ बड़की रेल पुल पर से नदी में गिर गई थी और एक हजार कि पाँच हजार न जाने कितने लोग डूबकर मर गए थे। हाँ, जब उसकी शादी हुई तो माँ ने खबर भिजवाई थी, उसके चचा-चाची आए थे। दोनों ने बहुत स्नेह जताया। कई साल से टूटा हुआ रिश्ता फिर से जुड़ गया। दोनों कहकर गए थे कि एक बार जरूर वह अपने खानदानी गाँव आए, सबसे मिले-जुले। बगल में कात्यायनी मन्दिर है, वहाँ भी दोनों जीव गोर लगकर आशीष ले ले। इसलिए जब मुखिया जी ने कहा कि कुछ दिन के लिए गाँव छोड़ना पड़ेगा तो वही ठिकाना याद आया।

नाव खेवते-खेवते दुपहरिया भी खतम होने लगा, कै ठो पुल पार किया। कै घाट पर रुककर चाय-नास्ता किया, तब जाकर धमहरा घाट का रेलवे पुलवा नजर आया। घाट के बगल में रेल का डिब्बा सब गिरा हुआ था। कात्यायनी मन्दिर का गुंबद देखार पड़ रहा था। घाट पर उतरकर तीनों ने मुँह धोया, कपड़े ठीक किए और चल पड़े बलकुंडा गाँव का पता लगाने जहाँ प्रह्लाद के चाचा-चाची रहते थे, जो उसका खानदानी गाँव था।

वह गाँव नहीं था। पता चला कि सालों पहले बलकुंडा गाँव कोसी की धार में डूब गया था। गाँव के लोग कई साल से एक नहर के किनारे-किनारे झोंपड़ी बनाकर रहते थे। वही उनका बलकुंडा गाँव था। एक-एक परिवार को बमुश्किल आधा से एक डिसमिल जमीन बसने के लिए मिली थी। एक-दो कमरे थे। जब दिन होता, मौसम ठीक होता तो लोग बाहर में बने मचान पर या जमीन पर बैठे रहते। कोठरी सिर्फ सोने और जरूरी सामान रखने के काम आता था। एकबारगी प्रह्लाद को लगा कि यहाँ आकर उसने गलती तो नहीं की? मगर जिस स्नेह से

चाची ने दीपा का स्वागत किया और अपनी छोटी-सी झोंपड़ी में जगह दी, प्रह्लाद के लिए कुछ सोचने का अवसर ही नहीं था। उसके और दुखना के लिए सत्तो मंडल के मचान पर जगह बनाई गई। सत्तो मंडल बाढ़ के बाद से ही सपरिवार गुजरात चले गए थे। अब उनका घर और मचान गाँव वालों के लिए कम्यूनिटी हॉल जैसा हो गया था।

आठ बाइ आठ के फूस के घर में चौकी पर बैठी दीपा हतप्रभ थी। एक तरफ इतनी गरीबी और परेशानी, तो दूसरी तरफ ऐसा दिल को छू लेनेवाला स्वागत। चाचा-चाची और उसके बच्चे कुछ ऐसा बर्ताव कर रहे थे, जैसे उनके घर में कोई देवी आ गई हो! उन्हें समझ नहीं आ रहा था कि वे उसका कैसे स्वागत करें। कोई पंखा झल रहा था तो कोई दही का शरबत पेश कर रहा था। दरवाजे पर उसे देखने लोगों का हुजूम उमड़ा था। चाचा जी अकेले सबको रोके हुए थे। उसे वे शुरुआती दिन याद आ गए, जब वह पहली दफा प्रह्लाद के गाँव आई थी।

प्रह्लाद की चचेरी बहन प्लास्टिक के जग और एल्यूमीनियम के गिलास में दही का शरबत लिये खड़ी थी। शरबत छलककर गिलास की बाहरी सतह पर भी लगा था। मगर दीपा को इस बात का अहसास था कि उसे वह गिलास इस तरह उसके हाथ से लेना है कि उन्हें कमतरी का अहसास भी न हो। हालाँकि तभी चाची दौड़ती हुई और फट से बच्ची के हाथ से गिलास ले लिया और अपनी साड़ी के कोर से उसे पोंछ दिया। उसे किसी किताब में लिखी हुई वह पंक्ति याद आई कि "गरीबी में ही ईश्वर का निवास होता है।"

शाम के वक्त जब घर के बाहर चूल्हा जलाकर चाची जी खाना पका रही थीं, दीपा को वहाँ बैठने के लिए बाँस का बना एक मोढ़ा दिया गया था। धीमे स्वर में चाची जी इस गाँव के तबाह होने की कथा सुना रही थीं :

"काफी खुशहाल तो नहीं, मगर यह गाँव भी कभी ठीक-ठाक

हालत में था। दोनों भाई को मिलाकर उनके पास 25 बीघा जमीन थी। चार कट्‌ठा जमीन की डीह था। दुआर पर आधा दर्जन जानवर रहते थे। दो जोड़ी हल चलता था। एक किसान को इससे अधिक क्या चाहिए! साल भर में दो फसल होती थी। खाने का अनाज बचाकर बाकी बेच देते थे तो हर साल एक बीघा जमीन खरीदने लायक पैसा हो जाता था। हालाँकि हम लोग जमीन खरीदते नहीं थे। हाँ, हर साल कुछ-न-कुछ सोना जरूर खरीदा जाता था, धनतेरस पर। मगर कोसी मैया से हम लोगों का सुख देखा नहीं गया। उजाड़ने में लग गई माता। पहले खेत काटे, फिर घर-दुआर सब कट गया। पूरा गाँव बेघर हो गया। तब से यही नहर हम लोगों के लिए शरणस्थली है। न रोजी, न रोजगार। सब चौपट। हम लोगों के पास एक ही काम बचा है—रोजी मछली मारना और ट्रेन पकड़ के खगड़िया जाना, वहाँ बेचना। ऐसी विपदा पड़ी कि गिरहथ को मछुआ बनना पड़ा, क्या करें?

उधर एक बुजुर्ग नेताजी प्रह्लाद को अपने संघर्ष की कथा सुना रहे थे कि कैसे वे पन्द्रह साल से इस गाँव के पुनर्वास के लिए खगड़िया कोर्ट में मुकदमा लड़ रहे हैं। केस वे लोग जीत गए हैं, पुनर्वास के लिए जमीन भी एक्वायर कर लिया गया है, प्रह्लाद के पिता के नाम से भी दो बीघा खेत और चार डिसमिल रहवास है। मगर जिस गाँव में जमीन मिला है, वे लोग जमीन पर चढ़ने ही नहीं दे रहे। बीडीओ साहब वहाँ जाएँगे, तब न नक्शा कटेगा। मगर गाँव का एक ठो महतबर आदमी भारी दबंग है। वह एमएले भी है। कहता है, गाँव में जो आएगा, उसको सीधे ऊपर पहुँचा देंगे।

उन्हीं दिनों जब प्रह्लाद और दीपा फरकिया में थे, धमहरा स्टेशन के पास एक दिल दहलानेवाली घटना घट गई, जिसने इस इलाके की सरकारी अनदेखी के मामले को पूरे देश के सामने उजागर कर दिया।

4

अकबर के नवरत्नों में शामिल टोडरमल ने सम्भवतः पहली दफा पूरे देश की जमीन की पैमाइश की थी और भू-दस्तावेजों को आकार दिया था। जनाब का मकसद तो अकबर के खजाने तक पहुँचनेवाले कराधान व्यवस्था को सुदृढ़ करना था। यह सुनिश्चित करना था कि सरकारी खजाने में नियमित रूप से सही मात्रा में टैक्स की रकम जमा होती रहे। मगर राष्ट्रीय स्तर की इस बहुत बड़ी परियोजना का लम्बे समय तक लोगों ने लाभ उठाया। अंग्रेजों के जमाने से पहले तक होनेवाले जमीनी विवादों का निबटारा अक्सर उन्हीं के द्वारा बनवाए गए नक्शों के आधार पर होता था।

कहते हैं, टोडरमल जब इस परियोजना के सिलसिले में फरकिया वाले इलाके में पहुँचे तो पसोपेश में पड़ गए। इस इलाके में बहनेवाली सात-सात चंचल नदियाँ कभी यहाँ के लोगों को स्थिर नहीं रहने देती थीं। हर साल कई गाँव नदियों की भेंट चढ़ जाते थे और कई नये भू-भाग बाहर निकल आते थे। कोसी, बागमती, गंडक, बूढ़ी गंडक, कमला जैसी अल्हड़ नदियाँ कब रास्ता बदल ले, इसका ठिकाना नहीं था। भरपूर प्रयास करने के बाद थक-हारकर टोडरमल इन नदियों के आगे नतमस्तक हो गए। कह दिया कि इस इलाके का भू-दस्तावेज तैयार करना नामुमकिन है और अपने नक्शे पर इस इलाके को घेरकर लिख दिया—फरक किया, यानी अलग किया। और आगे चलकर इसे 'फरकिया' पुकारा जाने लगा।

तब से आज तक यह इलाका हिन्दुस्तान के नक्शे में होने के बावजूद फरक ही है। यहाँ आकर कोसी नदी तटबन्ध से आजाद हो जाती है और शेष दूसरी नदियों में मिल जाती है। यहाँ के हालात कोसी तटबन्ध के इलाकों से भी बदतर हैं। बरसात के दिनों में अधिकतर गाँव

टापुओं में बदल जाते हैं। वहाँ जाने-आने का एकमात्र रास्ता नाव ही बचता है। बाकी दिनों बालू वाले इलाके में धूल फाँकते हुए पदयात्रा करने की विवशता रहती है। बिहार के खगड़िया जिले का अधिकांश भू-भाग इसी इलाके में पड़ता था। धमहरा इस इलाके की सबसे दुरूह जगह है। रेलवे स्टेशन होने की वजह से यहाँ पहुँच पाना तो मुमकिन हो पाता है, मगर यहाँ रहनेवाले लोगों के लिए शेष दुनिया से सम्पर्क के लिए दो-तीन पैसेंजर ट्रेनों को छोड़कर कोई और साधन नहीं है। जब ट्रेनें नहीं होती हैं तो लोग पटरियों के किनारे पैदल यात्रा करते हैं। खतरनाक वे इलाके होते हैं, जहाँ नदियाँ होती हैं, जिसकी इस इलाके में कोई कमी नहीं है। वहाँ लोग रेलवे टाइम का खयाल रखते हुए रेलवे पुल से ही पार होते हैं। अगर भूले-भटके उस वक्त कोई ट्रेन आ जाए तो नदी में कूदने के सिवा कोई और विकल्प नहीं बचता।

इन्हीं हालात में कई साल पहले यहाँ भीषण रेल दुर्घटना हो गई थी। पटरियों से पार करते हुए भैंसों को बचाने की कोशिश में ड्राइवर से चूक हो गई और आधी ट्रेन नदी में गिर गई। इस घटना में हजारों लोगों की मौत हो गई। मगर इसके बावजूद न रेल प्रशासन नें और न बिहार सरकार ने इस इलाके को एक वैकल्पिक रास्ता देने की जहमत उठाई। लिहाजा उस घटना के 30 साल बाद एक बार फिर तीन दर्जन लोगों को रेल दुर्घटना में जान गँवानी पड़ी।

वह 18 अगस्त, 2013 की तारीख थी। सावन की सोमवारी थी और हजारों लोग धमहरा के प्रसिद्ध कात्यायनी मन्दिर में जल चढ़ाने ट्रेन से वहाँ पहुँचे थे। ट्रेन स्टेशन पर रुकी थी और लोग पटरियों को पैदल ही पार करके मन्दिर की तरफ जा रहे थे। फरकिया के इस छोटे-से स्टेशन पर फीटओवर ब्रिज नहीं था, लिहाजा लोगों के सामने कोई और विकल्प भी नहीं था। तभी स्टेशन मास्टर ने एक सुपरफास्ट ट्रेन को बीच वाली पटरी से गुजरने की इजाजत दे दी। ढोल-मजीरों की आवाज

के बीच लोगों को ट्रेन का पता तक नहीं चला और एक झटके में 36 लाशें गिर गईं, सैकड़ों घायल हो गए।

उस घटना को याद करते हुए प्रह्लाद बताता है कि एक पल में पूरा इलाका लोगों के हाहाकार से गूँज उठा। ढोल बजने बन्द हो गए। जो मर चुके थे, उनका कटा हुआ शरीर बलि प्रदान के बाद के पशु की तरह छटपटा रहा था। जिनका अंग-भंग हो गया था, वे चीख रहे थे। जो बच गए थे, वे और जोर से चिल्ला रहे थे। उन्हें अपने परिजनों की तलाश थी। इस बियाबान में स्थित छोटे-से स्टेशन में ऐसी कोई सुविधा नहीं थी कि जो लोग जख्मी हो गए हैं, उन्हें कुछ उपचार उपलब्ध कराया जा सके। सात-आठ किमी. दूर एक प्राथमिक अस्पताल तो था, मगर वहाँ तक पहुँचने के लिए कोई सड़क नहीं थी। दो नदियों को पार करके ही वहाँ पहुँचा जा सकता था। मगर इन दो नदियों के बीच जो खाली मैदान था, उसे पैदल ही पार करना होता था। जख्मियों को ऐसे में कोई ले भी जाए तो कैसे?

इस भीषण दुर्घटना के वक्त प्रह्लाद और दीपा भी मन्दिर के आस-पास ही थे, बलकुंडा के दूसरे लोगों के साथ-साथ वे भी दौड़ते हुए घटनास्थल तक पहुँचे। उन्होंने अपनी आँखों के सामने जिन्दा लोगों को मुरदा बनते हुए देखा। लोग बहुत कुछ करना चाहते थे। मगर कोई रास्ता नहीं था। एक ही उपाय था कि कोई और ट्रेन आए और घायलों को या तो सहरसा या खगड़िया के अस्पताल ले जाए, जहाँ उनका इलाज हो सके। मगर उसमें काफी वक्त जाया होनेवाला था।

इस विपरीत स्थिति में प्रह्लाद और दीपा ने मोरचा सँभाल लिया। बलकुंडा के लोगों को साथ लेकर उन्होंने इतना ही कहा कि जो लोग जिन्दा हैं और उनके शरीर से खून बह रहा है, उनके जख्मों पर सबसे पहले पट्टियाँ बाँधी जाए। इन गरीब और बेघर लोगों ने न जाने कहाँ से कुछ साफ कपड़ों का इन्तजाम किया। गेंदा फूल की पत्तियाँ और

गाय के गोत (मूत्र) को इकट्ठा किया और जख्मों को इनसे साफ कर पट्टियाँ बाँधते चले गए।

जब स्पेशल ट्रेन से रेलवे और जिला प्रशासन के अधिकारी वहाँ पहुँचे तो यह देखकर दंग रह गए कि कैसे खुले आकाश के नीचे कुछ गरीब लोग जख्मियों की मरहम-पट्टी कर रहे हैं। उनके साथ पहुँचे मीडिया कर्मियों ने झट से यह तसवीर कैद कर ली। महज कुछ घंटे के भीतर धमहरा स्टेशन देश भर के न्यूजमैन का अड्डा बन गया। राज्य सरकार और भारतीय रेलवे के कई अधिकारी वहाँ पहुँचने लगे। घटना की सूचना के साथ-साथ घटना के वजहों की भी मीमांसा होने लगी।

प्रह्लाद को 2008 की कोसी महाप्रलय का नजारा याद आ गया। उसने बुदबुदाते हुए दीपा से कहा, "कोसी की यही बदनसीबी है। उसकी याद लोगों को तभी आती है, जब यहाँ प्रलय आ जाता है। कोई हम लोगों के छोटे-छोटे दुखों को दूर करने में दिलचस्पी नहीं लेता। किसी को फर्क नहीं पड़ता कि बलकुंडा गाँव के लोग 20 साल से नहर के किनारे रह रहे हैं। किसी को फर्क नहीं पड़ता कि 300 गाँवों के इलाके में हर साल बाढ़ आती है। पूरे इलाके में न स्कूल है, न अस्पताल है, न सड़क है, न थाना और न सरकार। मगर जब आपदा आ जाती है, हम गरीब लोग पटपटाकर मरने लगते हैं, तो लोगों को हमारी याद आ जाती है। 2008 की बाढ़ में तो दुनिया का कोई ऐसा मुल्क नहीं होगा, जहाँ के लोग सहरसा-सुपौल और मधेपुरा घूमने नहीं आए थे। हाँ, यह ठीक है कि उन्होंने हमारी मदद भी की। मगर उससे क्या हमारी दुनिया बदल गई? नहीं, हम वैसे के वैसे ही रह गए, आज भी वैसे ही हैं। एक फीट-ओवरब्रिज के नहीं होने से तीन दर्जन लोग मर जाते हैं। जो बच सकते थे, उन्हें सात किमी. दूर अस्पताल पहुँचाने के लिए सड़क नहीं है, एंबुलेंस को कौन पूछे!"

अब हादसे के बाद मीडिया के लोग यही सब कुरेद-कुरेदकर लोगों से पूछ रहे थे। टीवी कैमरा पर बाइट लिये जा रहे थे और बाइट देने लायक एक ही आदमी थे, बलकुंडा के नेताजी। प्रह्लाद और दीपा को देखकर हँसी भी आ रही थी कि हर चैनल वाला आगे नेताजी को खड़ा करता और पीछे भीड़। एक ही जैसे सवाल और एक ही जैसे जवाब। मगर हर कोई अलग-अलग शूट कर रहा था और एक्सक्लूसिव बता रहा था। नेताजी सबको बता रहे थे कि यहाँ से बाहर जाना हो तो कौन-कौन से रास्ते हो सकते हैं। सरकार से कितनी दफा फरियाद की गई मगर आज तक यह इलाका सड़कों से जुड़ नहीं पाया। यहाँ स्टेशन तो है, मगर न यात्री शेड है और न ही पटरियों को पार करने के लिए फीट-ओवरब्रिज। और तो और, स्टेशन से निकलकर बाहर जाने के लिए रास्ता भी नहीं है।

टीवी वालों से निजात मिली तो नेताजी को अधिकारियों ने पकड़ लिया और उनसे यहाँ के बारे में पूछताछ करने लगे। वे नेताजी और यहाँ के लोगों द्वारा जख्मियों की मदद करने का दृश्य तो पहले ही देख चुके थे। प्रह्लाद ने इस बीच चुपके से नेताजी से कहा कि यही मौका है, वे अपनी फरियाद, गाँव के पुनर्वास का मसला आला अधिकारियों तक पहुँचा सकते हैं। मामला नियंत्रित होने के बाद रेल के एक अधिकारी ने जैसे ही घायलों को तत्काल राहत पहुँचाने के प्रयासों की सराहना करते हुए बलकुंडा वासियों का धन्यवाद किया, नेताजी ने झट से सवाल उठा दिया, "हुजूर, हम लोग जो एक जुग से नहर पर हैं, उजड़े पड़े हैं उनको राहत पहुँचे, इस सवाल पर भी तो सोचिए।"

रेलवे के उस अधिकारी ने उन लोगों के साथ बलकुंडा गाँव का दौरा किया, बाद में उन्होंने इस गाँव की भीषण समस्या की शिकायत राज्य के अधिकारियों से की। उसका एक लाभ तो यह हुआ कि तत्काल

उक्त प्रधान सचिव स्तर के अधिकारी ने बीडीओ को फटकार लगाते हुए कहा कि एक महीने के अन्दर बलकुंडा गाँव सरकार द्वारा एक्वायर की गई जमीन पर बसा दिखना चाहिए और अगर ऐसा नहीं हुआ और नेताजी ने इसकी शिकायत की तो आप अपना सस्पेंशन पक्का समझिए। उन्होंने अपना पर्सनल नम्बर नेताजी को दे दिया।

इस घटना के बाद बलकुंडा गाँव में छोटा-मोटा जश्न ही मन गया। लोगों ने इस उपलब्धि का श्रेय प्रह्लाद और दीपा के आगमन को दिया और नेताजी समेत गाँव के तमाम लोगों ने आग्रह किया कि जब नया बलकुंडा बसे तो वे लोग भी उस गाँव में आकर रहें। वैसे भी उनके पिता के नाम से कुछ जमीन मिल ही रही है। मगर दोनों ने माफी माँगते हुए कहा कि वे लोग जहाँ रह रहे हैं, उसे छोड़ना उनसे मुमकिन नहीं हो पाएगा।

इस बीच एक बड़ी राजनीतिक पार्टी की स्थानीय इकाई के युवकों ने धमहरा स्टेशन से कात्यायनी मन्दिर तक श्रमदान से सड़क बनाने का काम शुरू किया तो गाँव के नवयुवकों के साथ प्रह्लाद और दीपा भी उस अभियान में शामिल हो गए। हालाँकि दो साल बाद भी नया बलकुंडा बसाया नहीं जा सका, प्रधान सचिव महोदय के गुस्से को बीडीओ ने उनके जाते ही हवा में फूँक दिया। वहीं श्रमदान से बननेवाली सड़क का निर्माण भी पूरा नहीं हो पाया। मगर इसके बावजूद बलकुंडा में गुजरे सात दिन प्रह्लाद और दीपा के लिए यादगार लम्हे साबित हुए।

सात दिन बाद मुखिया जी का सन्देश आया कि सारा मामला सलट गया है, अब कोई परेशानी की बात नहीं है। दोनों लोग लौट आएँ। और दोनों ने बलकुंडा वासियों से विदा ली।

5

मगर मामला सलटा नहीं था। दरअसल इस मामले की गम्भीरता को प्रह्लाद और दीपा ने तो नहीं ही समझा, मुखिया जी भी नहीं समझ पाए थे। और यह मसला उस भोरउवा को समझ में आया, जब अचानक दुबारा पुलिस ने गाँव में दबिश दे दी।

धमहरा घाट से लौटकर प्रह्लाद और दीपा ने अपने उजड़े घर और रेडियो स्टेशन को सँवारा और फिर से 'रेडियो कोसी' का काम शुरू कर दिया। उन्हें लगा कि पुलिस आई-गई और बात खतम हो गई। मुखिया जी ने भी आश्वस्त किया कि उन्होंने दारोगा जी को ठीक से समझा दिया है, अब कोई दुबारा नहीं आएगा। दीरा-टापू के इलाके में पुलिस एक बार हिम्मत करके आ गई सो आ गई। बार-बार यहाँ आना हँसी-ठट्ठा है! इधर एक हफ्ते तक रेडियो के बन्द रहने से लोगों को बड़ी परेशानी होने लगी थी। खेती-पत्ती से लेकर रोजी-रोजगार तक सारे काम रेडियो से जुड़े हुए थे, सबके काम अटक जा रहे थे। लोगों को रेडियो के सहारे रहने की आदत हो गई थी। इसके बिना कोई काम ससर ही नहीं रहा था। सो चुपके से एक दिन फिर से रेडियो कोसी गाँव और आस-पास के इलाके में बजने लगा।

उस भोरउवा को जिस दिन पुलिस ने दबिश दी, उसकी कहानी याद करके लोगों की रूह काँप उठती है। साथ ही सरकार के खिलाफ गुस्सा भड़क जाता है। इस बार न हरिरामा को खबर हुई, न अपने वाले थाने के दारोगा जी टीम में थे। अलग ही टीम थी। नाव वाले भी बाहरी ही थे। हाँ, पिछली टीम के दो-चार लोग रास्ता बताने के लिए रख लिये गए थे।

प्रह्लाद और दीपा बच गए और भाग पाए तो इसकी वजह यह

थी कि पुलिस वालों ने समझा, रेडियो स्टेशन वाले घर में ही दोनों सोते हैं। उस वक्त दीपा उठकर सुबह वाले कार्यक्रम के लिए तैयारी कर रही थी, सद्गुरु महाराज के भजन वाला कैसेट लगाने ही वाली थी। तभी आँगन में बूटों की आवाज गूँजने लगी और सिपाहियों ने रेडियो स्टेशन वाली झोंपड़ी को घेर लिया। दोनों पिछवाड़े वाले घर में थे जो नदी वाले किनारे पर था। दीपा ने तो झट से मामला समझ लिया, प्रह्लाद की भी छठी इन्द्रिय काम कर गई। पीछे वाला दरवाजा खोलकर दोनों चुपचाप निकल गए। रास्ते में शौच के लिए निकल रहा दुखना मिला, उसे भी साथ किया। इससे पहले कि कोई कुछ समझता, चिरैया फुर्र हो गई थी।

दोनों के नहीं मिलने का गुस्सा पुलिस टीम ने रेडियो स्टेशन और घरों पर उतारा। जमकर तोड़-फोड़ की और झोंपड़ी में आग लगा दी। अगल-बगल वाले लोगों को हड़काना शुरू किया कि बताओ, दोनों कहाँ भागे हैं। लोगों को तो कुछ पता ही नहीं था। फिर पुलिसिया तांडव शुरू हो गया। खूब लाठियाँ चलीं। बुजुर्गों और औरतों को भी नहीं बख्शा गया। बाढ़ का पानी घुसने पर भी इतनी भगदड़ नहीं मचती है, जितनी उस रोज मची। अगले दो हफ्ते तक गाँव के लोग हरदी-पिठार लगाकर घूमते नजर आ रहे थे। फौजी अभय सिंह की तो इतनी पिटाई हुई कि वे पन्द्रह दिन तक उठकर खड़े नहीं हो पा रहे थे। दरअसल वे पुलिसिया दबिश का खुलकर विरोध कर रहे थे और पुलिस वालों को गालियाँ भी दे रहे थे।

हैरत की बात तो यह हुई कि जब अगले दिन इस मामले की शिकायत करने मुखिया जी, एसपी साहब के पास पहुँचे तो बताया गया कि उनकी जानकारी में ऐसी कोई टीम उनके गाँव भेजी ही नहीं गई थी। उन्हें थाने में मामला दर्ज कराने की सलाह दी गई। उन्होंने मामला दर्ज करा दिया। अगले दिन दारोगा जी दल-बल के साथ पहुँचे और तफ्तीश

का नाटक किया। अफसोस भी जाहिर किया और यह भी जताया कि उस रेडियो वाले छौरे की वजह से उन्हें दो बार दीरा-टापू में घुसना पड़ा है। उनकी रेपुटेशन भी खराब हुई है। इसके अलावा गाँव वालों की जो दुर्दशा हुई है, वह भी उस छौरे की वजह से ही। इसलिए बेहतर है कि उस छौरे को पकड़कर सरेंडर करा दिया जाए।

हाँ, इस बीच बार-बार बाहर जाने-आने और लोगों से मिलने-जुलने की वजह से मुखिया जी को असली कहानी का पता चल गया। बताया गया कि एक बड़े नेताजी जो राज्य सरकार में मंत्री हैं, उनके दामाद ने अच्छा-खासा पैसा खर्च करके एफएम रेडियो का लाइसेंस लिया है। मगर उनका एफएम चल नहीं रहा है। नहीं चलने के हजार दूसरे कारण हैं। मगर चैनल के अधिकारियों ने अपनी कमजोरी छिपाने के लिए सारा दोष 'रेडियो कोसी' के माथे पर धर दिया है। उन लोगों ने साफ कह दिया कि जब तक रेडियो कोसी है, उनका एफएम चल नहीं सकता। बाँध के भीतर सहरसा की आधी आबादी रहती है। वे लोग रेडियो कोसी छोड़कर और कुछ नहीं सुनते। ऐसे में मंत्री जी ने एसपी और डीएम को टेंडर दे दिया है, रेडियो कोसी बन्द कराने का। ये लोग ऊपर-ऊपर जो कहें, मगर येन-केन-प्रकारेण रेडियो कोसी को बन्द कराएँगे और कम-से-कम प्रह्लाद की अरेस्टिंग दिखाएँगे।

इधर इतनी मार खाने और असली कारण का पता चलने के बाद गाँव के लोगों को सँभल जाना चाहिए था, मगर लोगों पर इस घटना का उलटा ही असर हुआ। सँभलना क्या था वे और ही भड़क गए। पता नहीं क्यों, गाँव का बच्चा-बच्चा एक ही बात कहने लगा कि अब चाहे जो हो, रेडियो कोसी को बन्द नहीं होने देना है। जैसे रेडियो कोसी उनके लिए प्रेस्टीज इश्यू हो गया था।

मास्साब सुरेश मंडल जैसे शान्त मिजाज के आदमी इस बात की व्याख्या करते हुए कहते थे कि पचास साल नरक जैसा जीवन बिताते हुए यही एक तो अच्छा काम हमारे तरफ के लोगों ने किया है, इसे कैसे बन्द कर दें? और फिर जब सरकार हमारे इलाके में स्कूल नहीं देती, पोस्टऑफिस नहीं देती, आँगनबाड़ी नहीं है, तो थाना-कचहरी में काहे फँसा रही है? जैसे नेपाल अलग देश है, बाँध के भीतर वालों को भी अलग देश मानना चाहिए। सरकार का एक नया पैसा यहाँ खर्च नहीं होता। कभी एक चाँपाकल नहीं गाड़ा गया, मगर आज कानून की लाठी चलाने पहुँच गए। अब चाहे लाठी चले या गोली, रेडियो कोसी को तो चालू ही रखेंगे। उस मंत्री के जमाई का एफएम तो यहाँ चलने नहीं देंगे।

गुपचुप बैठक हुई और पुलिस से बचने के लिए दुबारा बलकुंडा गए प्रह्लाद-दीपा को वापस बुलवा लिया गया। तय हुआ कि गाँव के उस पार वाली धार में नाव पर रेडियो स्टेशन फिट किया जाएगा। धार के किनारे दोनों की झोंपड़ी बनाई जाएगी। जैसे पुलिस आनेवाली होगी, दोनों नाव और रेडियो स्टेशन लेकर फुर्र हो जाएँगे। साथ ही रेडियो में यह सन्देश भी दिया जाएगा कि मंत्री के एफएम चैनल को बाँध के भीतर का एक आदमी भी नहीं सुने। मंत्री जी कभी हम लोगों की परेशानी पूछने तो नहीं आए, आज अपना चैनल जबरदस्ती थोप रहे हैं।

इस बार जो रेडियो कोसी शुरू हुआ तो उस पर मुखिया जी और मास्साब ने बारी-बारी से भाषण दिया। 50 गाँव के लोगों को सम्बोधित किया कि क्यों रेडियो कोसी का चलते रहना जरूरी है। और लोग कैसे प्रह्लाद और दीपा की मदद कर सकते हैं। उन लोगों ने सभी 50 गाँव के लोगों से अपील करते हुए कहा कि ये दोनों कभी भी किसी गाँव पहुँच सकते हैं और ये लोग जब तक उस गाँव में रहेंगे, इनको ठीक से

रखना गाँव वाले की जिम्मेदारी होगी। और मुखिया जी ने अन्त में वार्निंग देते हुए कहा : "अगर कोसी के पेट का कोई आदमी इनाम-इकराम के फेर में पड़ा, दगाबाजी की तो अंजाम बुरा होगा। पता तो चलिए जाएगा, और जिसकी दगाबाजी साबित हो गई, उसको फिर कोसी के पेट में घुसने नहीं दिया जाएगा। समझ लीजिए..."

इस तरह तीसरी बार फिर से रेडियो कोसी शुरू हो गया। इस बार रेडियो स्टेशन कोसी नदी में बहनेवाली नाव पर बना। और गाना-बजाना, दूसरे सन्देश-समाचार के साथ मंत्री जी के एफएम चैनल का विरोध भी शुरू हो गया।

[2013]

कोसी में रेडियो

1

नाव धार में बही जा रही थी। दीपा ने इस बार खोजकर गाना लगाया था :

बड़ी अरमान से रक्खा है बलम तेरी कसम,
प्यार की दुनिया में ये पहला कदम...
हो...हो...पहला कदम।

इस गाने के बोल सुनकर प्रह्लाद की आँखों में चमक आ गई। मगर दुखना को यह गाना एकदम्मे पसीन नहीं आया।

वह मन-ही-मन सोच रहा था, वैसे तो दीपा भौजी हर मामले में बड़ी अच्छी है। देखने में लक्स साबुन के पोस्टर वाली लगती है, बोलती है तो ऐसा लगता है, जैसे पानी में चप्पू पड़ रहा हो—छप-छप-छप, लेकिन गाना सुनने के टाइम में एकदम बुढ़िया दादी हो जाती है। उस जमाने का गाना सुनेगी, जिस जमाने में इनके दादाजी दादी अम्मा से खुसुर-फुसुर करते होंगे। अभी सोहनमा मोबाइल में 'बोडीगाड' फिलिम का गाना भरा के लाया है। हम कहेंगे, उ लगाइए तो मटिया देंगी। दुखना ने सोचा कि एक बार टिराय ही कर लिया जाए।

मगर इससे पहले कि दुखना दीपा से 'बॉडीगार्ड' फिल्म के गाने

के बारे में पूछ पाता, गाने में पतवार वाली लाइन बजने लगी :

मेरी नैया को किनारे का इन्तजार नहीं
तेरा आँचल है तो पतवार का दरकार नहीं... ।

तो इस गाने में नाह और पतवार भी है!...उसने सोचा, तब एतनो खराब नहीं है। सुन लेते हैं इ बला पूरा गाना।

उसने नदी में बाँस डाला और नाव झट से आगे निकल गई।

"कहाँ जा रहे हैं हम लोग...क्यों दुखना भैया..."

इससे पहले कि दुखना दीपा से बॉडीगार्ड गाने के बारे में कहता, दीपा उसी से पूछ बैठी।

"हमारे नानी के गाँव चलिएगा भौजी? सोचते हैं, आज वहीं चलें।"

"कहाँ है आपका ननिहाल दुखना भैया?"

"कुबौल गाँव।" दीपा के इस सवाल का जवाब प्रह्लाद ने दिया।

उसे याद है, दुखना की माँ को लोग कुबौल वाली भौजी, कुबौल वाली काकी कहा करते हैं। वह भी कुबौल वाली मामी ही कहता आया है। मामी का नाम क्या है, यह उसे नहीं मालूम। गाँव-देहात की यही बात प्रह्लाद को पसन्द नहीं आती। लोग विवाहित महिलाओं को उनके नाम से नहीं बुलाते। या तो मायके का नाम पुकारेंगे या फिर बच्चों का नाम जोड़कर—"ऐ दुखना माय, ऐ प्रह्लादवा की माय, तनि सुनबै, जरा सुनिएगा..."

उसकी माँ तो गाँव की ही बेटी है, मगर लोग धीरे-धीरे उसका भी नाम भूल गए। बूढ़-पुरान लोगों को याद हो तो हो, मगर उनके लिए भी वह अब प्रह्लाद की माँ ही हो गई। बलकुंडा में होती तो लोग उसे उसके गाँव के नाम से पुकारते।

इतना ही नहीं, गाँव में औरतों के लिए दस तरह के झमेले हैं।

घूँघट में रहना है, घर का काम-काज तो करना ही है, साथ में खेती-मजदूरी भी करना है। बुजुर्गों के सामने बिना घूँघट के नहीं जाना है। घर से बाहर अकेले जाने में सौ झमेले। बीमारी हुई तो और झमेला। शौच करना है तो अँधेरा होने का इन्तजार कीजिए। गाँव में कोई मीटिंग हुई तो वहाँ खाली मरद ही रहेंगे। औरतें गईं भी तो चुपचाप बैठी रहेंगी। आपस में फुसफुसाएँगी मगर बोलेंगी कुछ नहीं।

ऊपरवाले की कृपा से प्रह्लाद ने बाहर की दुनिया देखी है। कई शहर देखे हैं। वहाँ औरतें हर तरह का काम करती हैं। हर टाइप की नौकरी करती हैं। हर जगह जाती हैं। कभी कोई कुछ कहता है कि देखो, औरत होके क्या-क्या कर रही है? किसी के पास फुरसत नहीं है कि इ सब फालतू बात सोचे। लेडीज लोग अकेले बैंक में जाती हैं, सब्जी मार्केट जाती हैं। बस पर, ट्रेन पर—हर जगह औरत अकेली दिखती हैं। स्कूटी चलाती हैं, कार चलाती हैं, यहाँ तक कि सुना है, हवाई जहाज भी उड़ाती हैं। मगर अपने यहाँ की औरतें सिर्फ चूल्हा फूँकने और गाय-गोरू करने के लिए बनी हैं। पता नहीं, कब हम लोगों की दुनिया बदलेगी!

यह सब सोचते-सोचते वह दीपा जी को देखने लगता है। ...और यह लड़की उसके पीछे-पीछे इस बैकवर्ड इलाके में आ गई है। हालाँकि उसके आने से भी बहुत कुछ बदला है। वह रेडियो पर रोज अपना नाम खुद बोलती है और औरतों को भी उसके नाम से पुकारने लगी है। दीपा जी को जब रेडियो के काम में मजा आने लगा तो गाँव भर की औरतें उससे भेंट करने आने लगीं। तब दीपा सभी औरतों से उनका नाम पूछती थीं। लेडीज लोग शरमा के अपना नाम बताती थीं। फिर दीपा ने गाँव की औरतों को उनके नाम से बुलाना शुरू कर दिया...पहले तो जो सुनता, वह घर आकर मैया को शिकायत करता। कहता—बहू को समझाइए, इ नया फैशन ठीक नहीं। लेकिन

माँ तो कभी दीपा को किसी काम के लिए टोकी ही नहीं, जो इस काम के लिए कहती।

असल मजा तो तब आया जब पंचायत इलेक्शन शुरू हुआ। आधा सीट लेडीज लोग के नाम से रिजर्व था। वैसे तो बाँध के भीतर में कोई सरकारी कामकाज होता नहीं था, लेकिन वोट हर इलेक्शन में पड़ता था। पंचायत का भोटिंग भी हुआ। चुनाव में जहाँ-जहाँ महिला कैंडिडेट उतरीं या खड़ी की गईं, वहाँ उनका फोटो और नाम पोस्टर पर छपवाया गया और पूरे गाँव में जगह-जगह साटा गया। हमारे बैकवर्ड इलाके के लिए यह बहुत बड़ा बदलाव था। औरत लोग चूल्हा-चौकी से निकलकर पोस्टरों में छप रही थीं। बच्चे चिल्ला रहे थे—मीरा देवी जिन्दाबाद, सोमली देवी जिन्दाबाद। उस वक्त रेडियो कोसी ने घोषणा की कि हम लोग रोज शाम एक घंटा इन औरतों को अपने रेडियो पर फ्री में चुनाव प्रचार करने देंगे। उस वक्त कुछ औरतें आईं, मगर कई जनानी लाज के कारण नहीं आईं।

हालाँकि हुआ हो-वाया कुच्छो नै, जो-जो औरत चुनाव जीतीं, एक दिन के लिए विजयी जुलूस में गाँव घूमीं, अगले रोज से फिर उनका चूल्हा-चौका शुरू। उनके पोस्ट पर उनके पति, उनका बेटा, उनके परिवार का कोई पुरुष राज चलाने लगा। गाँव के लोग भी मुखिया जी के पति को ही मुखिया जी कहने लगे, मुखियैन का फिर चेहरा भी कोई नहीं देख पाया।

दीपा ने दुखना की फरमाइश पर बॉडीगार्ड फिल्म का गाना चला दिया था :

तेरी-मेरी, मेरी-तेरी प्रेम कहानी है मुश्किल...

दुखना दुहरा रहा था—'टेढ़ी-मेढ़ी, परेम कहानी है मोसकिल...' साला टेढ़ा भी है और मोसकिल भी है...बड़ा मोसकिल है...प्रह्लाद

भैया का परेम कहानी भी केतना टेढ़ा-मेढ़ा और मोसकिल था...आसान काम नहीं है...।

रेडियो कोसी पर बैक टू बैक गाने चल रहे थे। नाव धीरे-धीरे किनारे की तरफ बढ़ रही थी। दुखना ने कहा, "तैयार हो जाइए, कुबौल पहुँच गए हैं।"

कुबौल दरभंगा जिला में पड़ता है। कुशेश्वरस्थान मन्दिर से दो-तीन किमी. दूर होगा। गाँव के उस टोले में ज्यादातर मल्लाह और मुसहर बिरादरी के लोग रहते हैं। दोनों समुदाय के लोगों की एक जैसी हालत है। दुखना ने पहले ही कह दिया था दीपा भौजी को, मेरे ननिहाल के लोग बहुत्तै गरीब हैं, इसलिए उमेद मत रखिएगा कि वहाँ कुछ सुआगत-सत्कार हो पाएगा। जैसे भी होगा, वहाँ एक रात काटना है। कल भोरे-भोर निकल जाएँगे। एक रात का बात है।

शाम के चार बज रहे होंगे, जब वे लोग दुखना के ननिहाल पहुँचे। वहाँ दरवाजे पर मामा जानवरों की सानी-कुट्टी कर रहे थे। ममेरे भाई-बहन जो छोटी उम्र के थे, खेल रहे थे। मामी घर में नहीं थी। मेहमानों को देखते ही मामा सुकदेव सहनी हड़बड़ा उठे। झट से चौकी झाड़कर केथरी और चादर बिछाया और लोटा लेकर पानी लाने दौड़े। बच्चों से कहा कि जल्दी अपनी माय को पड़ोस से बुला लाए। दो मिनट में सिर पर घूँघट काढ़े दुखना की मामी भागी-भागी आई और दीपा का हाथ पकड़कर अन्दर लेकर चली गई।

दुखना अपने मामा को प्रह्लाद और दीपा का परिचय दे ही रहा था कि सुकदेव सहनी मुस्कुरा उठे। बोले, "यहाँ भी इनका रेडियो टीशन पकड़ता है जी। हम जानते हैं इनको और सारा खबर भी सुने हैं। चुप रहिए भागिन बाबू, हम सब बात समझ रहे हैं।"

उधर आँगन में मामी ने झट से चूल्हा सुलगाया और चाय का बरतन चढ़ा दिया। दीपा को बैठने के लिए एक मचिया दे दिया। कहने लगीं, "क्या कहें दीपा कनिया, पड़ोस में एगो औरत को बच्चा होनेवाला है, मगर लगता नहीं है, बचेगी। उसी को देखने गए थे। बड़ी संजत जनानी है। पता नहीं, भगवती माय काहे हड़बड़ा गईं ऐसी संजत जनानी को अपने पास बुलाने के लिए। दो ठो बुतरू पहले से है, ई गईं तो दोनों बुतरू का सत्यानाश हो जाएगा..."

मामी की बात सुनकर दीपा परेशान हो गई। कहने लगी, "ब्लीडिंग हो रही है, तो बाहर क्यों नहीं ले गए? घर में क्यों रखे हैं? और घर में डिलिवरी क्यों करवा रही हैं, अस्पताल काहे नहीं गईं? अब नहीं गए तो नहीं गए, मगर जब हालत खराब है तो घर में बिठाकर काहे रखे हैं? अभी भी टाइम थोड़े ही बीता है। किसी अस्पताल में भेज दीजिए। चाय-वाय छोड़िए, जाकर पहला काम यही कीजिए। किसी की जान खतरे में है, इससे बड़ी क्या बात होगी।"

दीपा की बात सुनकर मामी ने मुँह बिचका लिया, कहने लगीं, "क्या करें कनिया, सास अच्छी नहीं है। पैसा पकड़ती है। बोलती है कि इतना लोगों का डिलीवरी गाँवें में न हुआ है, इ कौनो लाट मैडम है का, जो हस्पताल जाएगी। छोड़िए, अब जो होना है, वही होगा।"

मगर दीपा ने नहीं माना। झट से मामी का हाथ पकड़ा और कहा, "चलिए।" दरवाजे पर पहुँचकर दुखना को कहा, "तैयार रहिए देवर जी, अभी तुरन्त कहीं निकलना होगा।" तीर की तेजी से उस प्रसूता महिला के घर पहुँची और काली का रूप लेकर औरतों को डाँट सुनाने लगी, "यहाँ एक औरत की जान जा रही है और आप लोग तमाशा देख रही हैं? काहे नहीं भेजती हैं अस्पताल?"

उस प्रसूता औरत की सास एक मिनट में हाँ-हाँ कहने लगी। दो औरतों ने मिलकर उसे उठाया और झट से घाट पर ले गईं। वहाँ

दुखना पहले से तैयार था, नाव कुशेश्वरस्थान पीएचसी की तरफ बढ़ गई।

घंटे भर में ये लोग अस्पताल में थे। गाँव की चार औरतें, दो मरद, और ये तीन लोग। वहाँ भी डॉक्टर आनाकानी कर रहे थे। मगर दीपा ने वहाँ भी हंगामा शुरू कर दिया। फट से ऑक्सीजन लगा, ब्लड चढ़ना शुरू हो गया। हालत सुधरी तो डॉक्टर ने कहा, "दरभंगा ले जाइए। हम एंबुलेंस कर देते हैं।"

डॉक्टर क्या एंबुलेंस देता, वही जननी सुरक्षा वाला सरकारी एंबुलेंस था, जिसका यही काम ही था। गर्भवती औरतों को प्रसव के लिए फ्री में अस्पताल ले जाना और घर पहुँचाना। मगर अब हालात काबू में थे। उधर एंबुलेंस दरभंगा के लिए निकला, इधर बाकी लोग फिर से कुबौल गाँव की तरफ निकल पड़े। पहुँचते-पहुँचते रात हो गई। मगर इस बात की खुशी थी कि जान बच गई।

कुबौल में रात भर दुखना की मामी दीपा को गाँव में होनेवाली डिलिवरी का किस्सा सुनाती रही। कहने लगी, "यह सब यहाँ आम बात है। हर साल किसी-न-किसी औरत की जान चली जाती है। बच्चा तो कितना मरता है, इसका कोई ठिकाना नहीं है। कोई ऐसी जनानी नहीं है जिसका बच्चा नहीं मरा हो। कई जनानी तो ऐसी हैं, जिनका चार-चार, पाँच-पाँच बच्चा मर गया। मगर किसको परवाह है। जो बच जाता है, अपने को भागमन्त समझता है।"

दीपा ने कभी सोचा नहीं था कि ऐसी भी कोई बस्ती होगी, जहाँ इनसान के जान का कोई मोल नहीं होगा।

ऐसा नहीं था कि सिर्फ गाँव के लोगों की ही गलती थी। गरीबी, अशिक्षा और सड़क से नहीं जुड़ा होना, ऐसी वजहें थीं कि

यहाँ एंबुलेंस का आना मुश्किल था। लोग सदियों से इसी तरह जीते आ रहे थे, इसलिए उन्हें यही ठीक लगता था। औरतें या बच्चे मर जाते थे तो लोग समझते थे, ऊपर वाले की यही मरजी है। यह नहीं सोचते कि दुनिया बदल रही है और अब ऐसी परेशानियों का बहुत आसान इलाज है।

सवेरे रेडियो में भजन वगैरह बजने के बाद दीपा ने बीते कल की कहानी शुरू कर दी। गाँव का नाम लिये बगैर उसने बताया कि कैसे एक औरत की जान खतरे में थी, और लोग मान चुके थे कि वह मर जाएगी। मगर वह बच गई और उसने दरभंगा के अस्पताल में एक बच्चे को जन्म भी दिया है और दोनों सकुशल हैं। कुशेश्वरस्थान पीएचसी में मिले पैम्फलेट को पढ़कर उसने लोगों को बताया कि सरकार जच्चा और बच्चा को बचाने के लिए, उसे बेहतर जीवन देने के लिए कितनी तरह की योजना चलाती है। अगर लोग सजग रहें तो इसका लाभ ले सकते हैं। उसने यह भी कहा कि यह ठीक बात है कि एंबुलेंस बाँध के अन्दर नहीं जा सकता? मगर बाँध तक तो पहुँच ही सकता है और हम रोगी को बाँध तक तो किसी तरह टाँग के ला ही सकते हैं।

यह सब कह चुकने के बाद दीपा मामी के साथ निकल पड़ी, गाँव का सर्वे करने—किस घर में कितनी औरत और कितने बच्चों की जान गई है। वह हैरत में पड़ गई कि कई औरतों को अपने सभी बच्चों के नाम तक याद नहीं था। किसी औरत को ठीक से पता नहीं था कि उसकी उम्र कितनी है। 35 साल की उम्र में पाँच जिन्दा और दो मरे बच्चों की माँ बन चुकी औरत को लगता था कि वह 50 साल की हो चुकी है। कागज पर सारे आँकड़े नोट कर उसने एक गुमनाम चिट्ठी लिखी और प्रह्लाद से कहा कि इस चिट्ठी की फोटो कॉपी कराकर मुख्यमंत्री के ऑफिस में और सभी अखबारों के दफ्तर में पोस्ट कर आए।

दोपहर को प्रह्लाद और दुखना कुशेश्वरस्थान गए और वहाँ चिट्ठियाँ पोस्ट कर दीं। बाद में पता चला कि एक-दो पत्रकार गाँव आए थे। एक अखबार ने तो उसी गुमनाम चिट्ठी को ही छाप दिया था। अगले रोज सुबह-सुबह रेडियो कोसी की सवारी कुबौल गाँव छोड़कर निकल पड़ी। सवारियों के चेहरों पर तनाव था। प्रह्लाद सोच में डूबा था, पता नहीं, दीपा कोसी के इलाके के बारे में क्या सोच रही होगी। मगर दीपा ने जब कहा कि यह सब भी करना ही होगा, हमारा ही काम है। हमारा इलाका है तो इसकी समस्या का समाधान भी तो हम ही करेंगे न! दीपा की इस बात को सुनकर प्रह्लाद को लगा कि वह अब कोसी की हो गई है। अब वह यहाँ की परेशानियों पर हँसेगी नहीं, इसका समाधान निकालने की कोशिश करेगी।

2

उन लोगों ने बताया कि "हम लोग कोसी तटबन्ध पीड़ित पुनर्वास संघ के सदस्य हैं। हम लोग कोसी तटबन्ध के बीच बसनेवाले तीन सौ से अधिक गाँव के लोगों के हक के लिए पिछले 30 सालों से आन्दोलन कर रहे हैं। कोसी तटबन्ध के निर्माण के वक्त यह वादा किया गया था कि सभी पीड़ितों का अच्छे तरीके से पुनर्वास किया जाएगा, मगर पुनर्वास बहुत कामचलाऊ हुआ। किसी को खेत के बदले खेत नहीं मिला। कुछ लोगों को बसने के लिए जमीन जरूर मिली मगर वह जमीन जलजमाव का शिकार होकर रह गई। तटबन्ध की वजह से बाहर के लोगों को तो कुछ हद तक बाढ़ से निजात मिला मगर अन्दर रहनेवाले लाखों लोग तो तबाह होकर रह गए, सरकार उनकी समस्याओं को भूल चुकी है। उनके लिए कुछ नहीं किया जा रहा है। इस बीच

हमने सुना कि आपके गाँव में पुलिसिया कार्रवाई हुई है, तो हमने तय किया कि इस मसले पर हम लोग सहरसा में आन्दोलन करेंगे। आपसे मामला समझने आए हैं।"

मास्साब के दरवाजे पर ये चार लोग आकर बैठे हुए थे, और अपने आने का मकसद बता रहे थे। मास्साब ने मुखिया जी, फौजी और गाँव के दो-चार दूसरे लोगों को भी बुलवा लिया था। इनकी बात खत्म होते ही फौजी अभय सिंह टपक पड़े, कहा, "अजी कौन हैं आप लोग? कभी तो पहले देखा नहीं! कहते हैं, तीस साल से हमारे दुख-दर्द के लिए आन्दोलन कर रहे हैं। आज से पहले तो कभी आप हमारे गाँव नहीं आए!"

मास्साब ने फौजी का हाथ दबाकर उन्हें रोकने की कोशिश की। मगर वे मान नहीं रहे थे।

आगन्तुकों में से एक ने कहा, "बोलने दीजिए मास्साब, वे सज्जन ठीक कह रहे हैं। यह सचमुच हम लोगों का दुर्भाग्य है कि हम आपके गाँव में आज से पहले कभी आ नहीं पाए। सच यही है कि हम लोग तीन सौ गाँवों की लड़ाई लड़ने की बात करते हैं मगर अब तक तीस गाँवों का दौरा भी नहीं कर पाए हैं। मगर हमारी मजबूरी भी तो समझिए। हम लोग किसी बड़ी राजनीतिक पार्टी या संस्था के सदस्य नहीं हैं। आप लोगों की तरह ही आम आदमी हैं, कोसकन्हा के बाशिंदे। गाँव में चन्दा करके जो पैसा जमा होता है, उसी से साल में तीन-चार दिन आन्दोलन, मीटिंग, बहस कर लेते हैं। किसी तरह बस इस सवाल को जिन्दा रखे हुए हैं, ताकि आनेवाली पीढ़ी को पता हो कि उसके साथ सरकार ने क्या छल किया है।"

उनकी बात सुनकर फौजी का चेहरा उतर गया। स्वभाव से बिलकुल सरल अभय सिंह ने झट से माफी माँग ली। फिर मुखिया जी ने उन लोगों को सिलसिलेवार तरीके से पूरी घटना का विवरण दिया।

वहीं बैठकर सभी लोगों ने एक पिटिशन तैयार किया। तय हुआ कि उसकी एक-एक प्रति मुख्यमंत्री और राज्यपाल को खुद जाकर दी जाएगी और कोई दिन तय करके बाँध के अन्दर रहनेवाले लोग ज्यादा से ज्यादा संख्या में पहुँचकर जिला प्रशासन को भी यह पिटिशन देंगे। उनसे कहेंगे कि बाँध के भीतर पहले से परेशान लोगों पर पुलिसिया दमन को बन्द किया जाए और जिस इलाके में संचार के कोई साधन नहीं हैं, वहाँ अगर कुछ लोगों ने अपने तरीके से रेडियो कोसी जैसा तंत्र विकसित किया है तो उसको चलने दिया जाए।

मुखिया जी ने वादा किया कि एक बार रेडियो कोसी पर भी अपील जारी कर दी जाएगी ताकि प्रदर्शन वाले दिन अधिक से अधिक लोग सहरसा जा सकें। फिर उन आगन्तुकों ने एक पतली-सी पुस्तिका गाँव के लोगों को दी, जिसमें कोसी तटबन्ध के बीच बसे तीन सौ गाँव के लोगों के साथ हुए सरकारी छल और उनके दुखों का विवरण था। यह पुस्तिका उत्तर बिहार की नदियों के विशेषज्ञ दिनेश मिश्र की पुस्तक 'दुई पाटन के बीच में' का संक्षिप्त संस्करण थी।

उनके जाने के बाद प्रह्लाद और दीपा को सन्देश देकर एक रात के लिए गाँव बुलवाया गया और उन्हें इस पूरे वाकये की जानकारी दी गई। कहा गया कि एक बार प्रदर्शन की तारीख तय हो जाती है तो फिर उन्हें एक दिन के लिए गाँव आना होगा और रेडियो कोसी पर प्रदर्शन के दौरान भारी संख्या में सहरसा पहुँचने का आह्वान करना होगा। प्रह्लाद ने मास्साब के पास 'दुई पाटन के बीच में' वाली पुस्तिका देखी तो पढ़ने के लिए माँग ली। मास्साब पहले ही पढ़ चुके थे। और किसी का उसे पढ़ने में बहुत इंटरेस्ट नहीं था। मास्साब ने पुस्तिका देते हुए कहा, "एक बार इसे पढ़ लो, अगर ठीक लगे तो रेडियो कोसी के जरिये इस पुस्तिका का पाठ भी करना चाहूँगा। कुछ रोज तुम लोगों के साथ ही घूमकर यह काम करूँगा।"

रात माँ के साथ गुजारकर प्रह्लाद और दीपा अगली सुबह फिर से भुरकुआ उगने से पहले विदा हो गए।

नाव खुलते ही दुखना ने कहा, "जानते हैं प्रह्लाद भैया, कोसी पर महासेतु बन गया है। अब सहरसा और दरभंगा जुड़कर एक हो जाएगा। निर्मली जाना पहले कितना मुसीबत का काम था, पुल चालू होगा तो झट से पहुँच जाइएगा।

प्रह्लाद को याद आ गया, पूर्व प्रधानमंत्री अटल बिहारी वाजपेयी ने उस महासेतु की आधारशिला रखी थी और उस वक्त उन्होंने कहा था कि इस पुल के बनने से बरसों पहले एक-दूसरे से बिछड़ गए मिथिलांचल के दो हिस्से एक हो जाएँगे। वह पुल स्वर्णिम चतुर्भुज परियोजना के तहत बन रहा था।

प्रह्लाद ने दीपा को बताना शुरू किया कि कैसे आज से 80-90 साल पहले सहरसा से दरभंगा जाना काफी आसान था। यह इलाका रेल की पटरियों से जुड़ा हुआ था। मगर मास्साब कहते हैं कि 1934 के भूकम्प के बाद जो इलाका एक-दूसरे से कटा, वह आज तक अलग है। आज की तारीख में अगर किसी को सहरसा से दरभंगा जाना हो तो उसे खगड़िया-समस्तीपुर होकर जाना पड़ता है और दूरी सात-आठ घंटे की हो जाती है। यदि यह पुल बन जाए। तो दूरी फिर से घंटे-दो घंटे की रह जाएगी।

दुखना ने कहा, "पुल बनकर तैयार है, बस उद्घाटन होना है। चलिएगा देखने...?"

इस बात पर तीनों लोग सहमत हो गए। हालाँकि नाव को धारा के विपरीत दिशा में खेना पड़ता मगर दुखना के मन में काफी उत्साह था, वह परेशानी उठाने के लिए तैयार था। नाव उत्तर दिशा की तरफ चली जा

रही थी। बीच-बीच में नदी की धारा तटबन्ध के किनारों को छूने लगती तो कभी घूमकर तटबन्ध से पश्चिम भी चली जाती। मार्च का महीना खत्म होनेवाला था, अभी गरमी ठीक से उतरी नहीं थी। मौसम में फगुआहट बाकी थी। एक बार जब नाव तटबन्ध के किनारे पहुँची तो देखा कि एक पेड़ की जड़ से कमर टिकाये एक बूढ़ा बाँसुरी बजा रहा था। बड़ी प्यारी धुन थी। वे आगे बढ़ते रहे और बाँसुरी की मधुर धुन उनका पीछा करती रही।

दीपा ने कहा, "कितना प्यारा है यह सब! कुछ परेशानियाँ जरूर हैं मगर यह जो अलौकिक दुनिया है जिसमें हम रहते हैं, उसका कोई जवाब नहीं। नदियों के बीच में रहना, हर वक्त हरियाली का अहसास, कोई शोर-शराबा नहीं, उस बीच में जो बाँसुरी की यह तान सुनो तो ऐसा लगता है कि आप आनन्द के समुंदर में डुबकियाँ लगा रहे हों! काश, थोड़ी गरीबी कम होती! सरकार ने थोड़ा ध्यान दिया होता तो यह इलाका स्वर्ग होता। मगर हम लोगों की दुनिया इतनी साधनविहीन है कि हम इन चीजों का लुत्फ भी नहीं ले पाते। अब देखो, अपना दुखना महासेतु देखने जा रहा है। वह भी कोई देखने की चीज है! देखने की चीज तो यह हरियाली है, प्रकृति की सुन्दरता है। मैं लेखक नहीं हूँ, इसलिए ठीक से बता नहीं सकती कि यह सब कितना अद्‌भुत है। चलो कोई अच्छा-सा गाना सुनते हैं..." यह कहकर दीपा ने इस माहौल के हिसाब का गाना तलाशना शुरू कर दिया। उसके हाथ लगा अमित कुमार का गाया हुआ वह गीत :

बड़े अच्छे लगते हैं, ये धरती, ये नदिया, ये रैना...और तुम...

दुखना के साथ फिर से वही बात हो गई। उसे यह गाना भी बोरिंग ही लगा। फिर उसने मार्क किया कि इस गाने में भी माँझी का जिक्र है। दीपा जी भले पुराना-धुराना गाना सुनती हैं, मगर उनके पसन्द के गाने में नाह चलानेवाले का भी दर्द होता है। देखिए न,

कितना टीस है आवाज में जब गवैया कहता है—'ओ माँझी रे... जाइयो पिया के देस...' दीपा भौजी भी तो इसीलिए अपने पिया के देस में आकर बस गई हैं।

दो घंटे के सफर के बाद महासेतु के पिलर दिखने लगते हैं। प्रह्लाद मार्क करता है कि महासेतु के पास अचानक कोसी की धारा सँकरी हो गई है। कुछ दूर पहले तक तटबन्धों के बीच जितना फैलाव था, यहाँ आकर वह बिलकुल कम हो गया है—ठीक वैसे ही, जैसे फोरलेन सड़क आगे चलकर सिंगल रोड में बदल जाए। उसने गौर किया कि गाइड बाँध बनाकर धारा को समेटा गया है। शायद इसलिए कि ज्यादा लम्बा पुल बनता तो खर्चा बढ़ जाता। खर्च घटाने के नाम पर कोसी की धारा को नाथ दिया गया है। यह जो प्रयोग किया गया है, उससे कोसी की धारा को खुलकर बहने में परेशानी होगी। अपने स्वाभाविक एप्रोच से प्रह्लाद अब तक यही समझ पाया है कि कोसी को डिस्टर्ब नहीं करना चाहिए। आप एक गुना डिस्टर्ब करेंगे तो वह आपको दस गुना डिस्टर्ब करेगी। गुस्सैल नदी है।

पुल के किनारे दुखना ने नाव को खड़ा किया। सभी लोग उतरकर पुल की तरफ बढ़ने लगे। दुखना उस भव्य पुल को देखकर काफी उत्साहित था। उसे यह पुल अपने इलाके की शान का प्रतीक लग रहा था।

वह बोल उठा, "देखिए दीपा भौजी, कितना शानदार पुल बना है! कितना लम्बा-चौड़ा है, है ना! पटना का गांधी सेतु भी क्या इसका मुकाबला करेगा, है न प्रह्लाद भैया...!"

दुखना की बात सुनकर प्रह्लाद मुस्कुराया।

सचमुच कोसी महासेतु की शान तो निराली लगती ही है। खास तौर पर स्वर्णिम चतुर्भुज परियोजना का हिस्सा होने की वजह से। इसे काफी मजबूत और भव्य बनाया गया है। पटना और हाजीपुर को

जोड़नेवाले महात्मा गांधी सेतु की हालत खस्ता हो चुकी है और वही हाल कुरसेला पुल और नौगछिया-भागलपुर को जोड़नेवाले विक्रमशिला सेतु का है। ऐसे में यह पुल तो गौरवशाली लगेगा ही।

पिछले दिनों प्रह्लाद ने कोसी और उसके आस-पास के इलाकों का खूब चक्कर लगाया है। दुनिया के दरिद्रतम इलाकों में से एक इस कोसी इलाके में सड़कें चकाचक हो गई हैं। खूब चौड़ी और शानदार। कई सड़कें तो ऐसी बन गई हैं जिन पर बसें और ट्रकें भी नहीं चलतीं। जैसे कुरसेला से फारबिसगंज तक का फोरलेन रोड। इस रूट पर आज भी ऑटो और जीप ही सवारियाँ ढोती हैं। हाँ, सड़क के किनारे बसनेवाले लोगों को यह सुविधा हो गई है कि वे अपना मकई सड़क पर ही सुखाते हैं। अलकतरा वाली ये सड़कें खूब गर्म होती हैं और मकई हो या मूँग, पटपटाकर सूख जाता है।

इन सड़कों से होकर गुजरते हुए जब प्रह्लाद आस-पास बनी फूस की झोंपड़ियों को देखता है तो मन भारी हो जाता है। करोड़ों-अरबों की लागत से बनी सड़कों के किनारे जो लोग रहते हैं, उनके तन पर साबुत कपड़ा तक नहीं दिखता। बच्चे मिट्टी में नंग-धड़ंग बैठकर खेलते रहते हैं। यह एक नई तरह का विरोधाभास है। सड़कों को देखकर लगता है कि खूब विकास हुआ है मगर ये झोंपड़ियाँ चुगली करती हैं कि कहाँ कुछ बदला।

पहले तो भात के साथ दाल और पटुआ का साग भी थाली में होता था। अब दाल खाने की हैसियत बहुत कम लोगों की है और पटुआ साग तोड़ने के लिए किसी के खेत में घुसकर देख लीजिए, कैसा मजा आता है। बाँध के अन्दर की दुनिया में तो दरिद्रता है ही, बाहर भी बहुत अच्छी तसवीर नहीं है। ऐसे में वह कोसी महासेतु को देखकर कितना गौरवान्वित हो, यह समझ नहीं आता।

तीनों धीरे-धीरे महासेतु की तरफ बढ़ रहे हैं। ऊँचाई इतनी है कि

लगता है, पहाड़ पर चढ़ रहे हैं। महासेतु का उद्घाटन नहीं हुआ था, मगर मोटरसाइकिलें खूब चलने लगी थीं। इक्का-दुक्का मिनी बसें भी पुल पार करती नजर आती थीं। कोसी की धारा सिमटी और शान्त थी। मई के बाद इसमें नया पानी आएगा। कुछ लड़के पुल पर खड़े होकर अपने मोबाइल से फोटो खींच रहे थे। ये बाँध के बाहर के लड़के होंगे। दुखना की तरह इनके लिए भी महासेतु गौरव की बात है। और यह भी कि अब फट से दरभंगा पहुँच जाएँगे।

जब ये लोग पुल पर पहुँचे तो हवाएँ चल रही थीं और हवाओं के झोंकों से सभी के बाल लहरा रहे थे। प्रह्लाद और दुखना दोनों की निगाह दीपा के लहराते बालों पर थी। दीपा समझ रही थी, यह भी एक तरह का सुख है—नयन-सुख।

वह पुल से नीचे झाँककर उन बच्चों को देखने लगी, जो नदी में मछली पकड़ने की कोशिश कर रहे थे। घुटने भर पानी में तीन-चार लड़के एक साड़ी को पकड़े दौड़ लगा रहे थे। नदी किनारे एक बाल्टी रखी थी जिसमें कुछ मछलियाँ उछल रही थीं। प्रह्लाद बताने लगा, मांगुर मछलियाँ होंगी। ये आसानी से नहीं मरतीं। कुछ नौजवान मल्लाह नाव लेकर यहाँ-वहाँ भटक रहे थे। दीपा को कोसी की धार को निहारते हुए देखकर प्रह्लाद कहने लगा, "कभी बराहक्षेत्र चलेंगे। वहाँ से कोसी की धार को देखने का अलग ही मजा है। बिलकुल साफ पानी, हरे रंग का। पहाड़ों के बीच से गुजरती हुई कोसी नदी को देखकर तो लगता ही नहीं है कि यह वही कोसी है..."

"प्रह्लाद हो क्या..."

पीछे से एक लड़के ने आकर धौल जमा दिया।

प्रह्लाद ने पलटकर देखा, सुलेमान था।

सुलेमान सूरत में उसके साथ था। साल भर दोनों ने एक ही जगह काम किया था। एक कॉलेज बन रहा था, दोनों वहाँ पेंटिंग करने गए थे।

दोनों कोसकन्हा के थे। यारी जम गई। साथ रहना, साथ काम करना, साथ खाना। साथ घूमने जाना। मगर उस बात के तो दस साल हो गए हैं। सुलेमान ने फिर भी चीन्ह लिया...गजब!

प्रह्लाद को याद आया, सुलेमान का गाँव पास में ही है। पुल के उस पार।

"आजकल कहाँ रहते हो सुलेमान? गाँव में ही रहता है क्या?"

"नहीं। मेरा गाँव तो डूब-भँसा गया...अब सरायगढ़ में रहते हैं।"

"कब...?"

"इ पुल जब बना, महासेतु बना और गाँव डूब गया। पुल के पास कोसी को डाइवर्ट करने के लिए गाइड बाँध बना था, उसी गाइड बाँध ने हमारे गाँव को डुबा दिया..."

"ओह...घर-दुआर, खेती-पत्ती सब डूब गया होगा?"

"हाँ, और क्या! कितना विरोध किए। अफसर लोग से भी मिले मगर कुछ नहीं हुआ। कहा गया कि पुल बनेगा तो कुछ लोगों को तो नुकसान सहना ही पड़ेगा। गाँव छिन्न-भिन्न हो गया। बीस परिवार सरायगढ़ में तो चालीस परिवार भपटियाहीं में। कौन कहाँ है किसी को नहीं पता।

हालाँकि आजकल पानी घटा है तो कुछ लोग पुराने गाँव भी आते-जाते हैं। हम भी आज अपना गाँव देखने आए थे। कुछ परिवार तो इस सीजन में छह महीना वहाँ रहते भी हैं, मवेशी के साथ। मवेशी पालना वहाँ आसान होता है। हम अपने गाम ही जा रहे थे कि तुमको देख लिये।"

दीपा सुलेमान को टुकुर-टुकुर देख रही है, समझने की कोशिश कर रही है कि एक आदमी अपने डूब चुके गाँव को देखने जा रहा है। वहाँ उसे कुछ भी हासिल नहीं होगा। मगर वह गाँव को देखकर।

घर की दीवारों, दूसरी इमारतों, कुओं, बगीचों को छूकर, वहाँ टहलकर लौट आएगा। वह उस दुनिया में फिर से घुसने की कोशिश करेगा जहाँ उसकी बचपन की यादें बसी हैं।

"हम भी चलें?" दीपा ने पूछा...

स्वर्णिम चतुर्भुज वाली सड़क से नीचे उतरकर वे पगडंडियों तक पहुँच गए। फिर उन खेतों तक जिनकी आर पर चलते हुए उन्हें सुलेमान के गाँव पहुँचना था।

बीच-बीच में पानी के चहबच्चे आ जाते थे, जिसमें उतरकर उन्हें पार करना पड़ता था। हालाँकि पानी घुटने तक भी नहीं पहुँचता। दीपा भी अब इस इलाके की अभ्यस्त हो चली थी। खेतों को पार करने के बाद एक बगीचा दिखा। आम के पेड़ों का। पेड़ के तनों पर पानी के निशान बने थे। यानी बरसात के मौसम में इस बगीचे में छाती भर पानी जरूर रहा होगा। कई पेड़ सूख गए थे, कई सूखने की कगार पर थे। बगीचे की मिट्टी थोड़ी दलदली हो गई थी।

दूर एक वीरान बस्ती नजर आ रही थी। कुछ पक्के मकान खड़े थे, और कुछ भरभरा रहे थे। कच्चे मकानों का कोई अता-पता नहीं था। ईंट से बनी सड़कें थीं जिन पर पांक की मोटी परत जमी थी और उस पर जगह-जगह काई उग आई थी। सुलेमान ने दीपा से कहा, सँभलकर पाँव रखिएगा, फिसलने का खतरा है।

कई बार बरसात के मौसम में कोसी उफना जाती और प्रह्लाद के गाँव के लोग तटबन्धों पर शरण ले लेते। फूस की झोंपड़ियाँ बनाकर रहने लगते। दो-तीन महीने बाद जब पानी उतरता तो लोग घरों की तरफ लौटने लगते। तब गाँव कुछ-कुछ ऐसा ही लगता था। हालाँकि इतना भयावह और वीरान नहीं। यह बस्ती तो कई साल से

लगातार वीरान पड़ी थी और कोसी की लहरों के बीच डूब-उबर रही थी।

गाँव की समृद्धि के निशान बाकी थे। पक्के मकान, कुएँ, स्कूल, ईंट की सड़कें, खपरैल दोमंजिला मकान, मन्दिर, मस्जिद, पुराने बेकार हो चुके ट्रैक्टर, जीप। सुलेमान ने बताया आगे चलकर पुराने रेलवे स्टेशन का कैम्पस भी है। पक्के घरों की दीवारों पर पेड़ उगने लगे थे। जगह-जगह उछल-कूद मचाते मेढक नजर आ रहे थे। कुछ नेवले और सियार जैसे जानवर भी थे। प्रह्लाद सोच रहा था कि काश, उसके पास वीडियो कैमरा होता तो वह इस नजारे को शूट कर लेता! काश, तबाही के इस मंजर को दुनिया को दिखाया जा सकता! काश, लोगों को बताया जा सकता कि महासेतु की कितनी बड़ी कीमत ऐसे गाँवों ने चुकाई है!

सुलेमान अपने घर के सामने पहुँच चुका था। एक खपरैल मकान था, जिसकी दीवारें ईंट की बनी थीं। उस वक्त कुछ लोग अपने घर की ईंट और खपरैल ट्रैक्टर पर लादकर ले गए थे, मगर उनके अब्बा की हिम्मत नहीं हुई। एक तो इस बात का ठिकाना नहीं था कि यहाँ से उजड़े तो कहाँ बसेंगे, कितने दिन बसेंगे। और वह कैसा ठिकाना होगा! क्या वहाँ इन चीजों को रखने की इजाजत होगी? दूसरी बात यह कि गाँठ में जितना पैसा था, उसे बचाकर रखना चाहते थे, ताकि आनेवाली मुश्किलों का सामना किया जा सके। ऐसे में ट्रैक्टर का किराया बचा लेने में समझदारी समझी गई।

वह खपरैल सामने मौजूद था। छप्पर टूटकर अन्दर धँस गया था, दीवारें किसी तरह खड़ी थीं। किवाड़ को धक्का दिया तो आँगन सामने नजर आया। सुलेमान अन्दर चला गया, वे बाहर ही रहे। आधे घंटे में वह बाहर निकला तो उसके हाथ में एक पॉलिथीन थी जिसमें कई किस्म के सामान थे। कुछ काम के तो कुछ बस याद रखने के लिए, जैसे कोई पुरानी घिरनी, अब्बू का टूटा चश्मा, अम्मा की बिछिया। न

सुलेमान ने उन लोगों को अपनी चीजें दिखाईं, न उन लोगों ने देखने की इच्छा प्रकट की। एक भावुक क्षण के प्रति उदासीनता दिखाकर उसका भरपूर सम्मान किया गया।

"शाम हो गई है, अब्र लौटा जाए या स्टेशन की तरफ भी चलेंगे, वहाँ कुछ परिवार अभी भी रहते हैं...?"

"लौट जाते हैं। दुखना भी वहाँ नाव पर बैठा बोर हो रहा होगा।" प्रह्लाद ने जवाब दिया।

"रात कहाँ रुकोगे? चलो मेरे घर। जगह कम है मगर कुछ-न-कुछ इन्तजाम हो जाएगा।"

"कहाँ, सरायगढ़...?"

"हाँ।"

और उपाय क्या था! शाम इतनी हो चुकी थी कि अब लौटा नहीं जा सकता था। रात कहीं-न-कहीं ठहरना ही था। दोस्त का घर सबसे अच्छी जगह थी। हाँ, मुसलमान होने की वजह से दुखना ना-नुकर कर सकता था। वे दोनों तो इन चीजों को मानते नहीं थे। लौटकर जब दुखना से कहा गया कि नाव का लंगर लगाकर चले, सुलेमान के घर रात बिताना है तो उसने भी कोई आपत्ति नहीं की। गरीब लोग मन में इतना भेदभाव नहीं रखते। गरीबी रखने कहाँ देती! हर किसी को सामनेवाले की मदद की जरूरत पड़ ही जाती है।

3

अचानक व्यस्तताएँ बढ़ गईं। पाँच रोज का समय था और कोसी के भीतर सरायगढ़ से लेकर कोपड़िया तक घूम-घूमकर प्रचार करना था। 11 अप्रैल को सहरसा में रैली, प्रदर्शन और सभा आयोजित होना तय हो

गया था। बाँध के भीतर बसनेवाले लोगों को बताना था कि इस मौके पर वे अधिक से अधिक संख्या में पहुँचें। रेडियो कोसी का चलन्त रेडियो स्टेशन तो था ही, एक लाउडस्पीकर भी दे दिया गया था। जिस गाँव में पहुँचते, वहाँ दुखना किसी पेड़ में लाउडस्पीकर बाँध देता। वह उसे लाउडीपीसर कहता था, और दीपा अपनी हँसी कभी रोक नहीं पाती।

कुबौल और बनैनिया के अनुभव के बाद दीपा और प्रह्लाद की सोच में काफी बदलाव आया था। अब वे दोनों समझ रहे थे कि सरकार के लोग किस हद तक तटबन्ध के भीतर रहनेवालों से कट चुके हैं। उनके दुखों से किसी को कोई लेना-देना नहीं है। बाँध के भीतर वाले मरते रहें, किसी को कोई मतलब नहीं है। मगर छोड़ देना भी ठीक नहीं है। जब वोट का टाइम आता है तो नेता भी किसी तरह आ ही जाते हैं, चुनाव करानेवाले अधिकारी भी पहुँच जाते हैं। मगर उसके बाद उनकी कोई खबर नहीं लेता।

बनैनिया से लौटे तो पता चला कि गाँव में कोसी तटबन्ध पीड़ित पुनर्वास संघ के लोगों की आवाजाही बढ़ गई थी। रोज एक बार मीटिंग होती थी। और उस मीटिंग में यह बात रखी थी कि सरकार की आँखों में जो काँची (कीच) जमी है और कानों में जो गुज्जू भरा है, उसे निकालना ही होगा। कैसे सरकार लाखों लोगों को इस तरह उपेक्षित रख सकती है? तटबन्ध पीड़ितों को उनका हक देना होगा। पुनर्वास करना होगा। गाँव में स्कूल और अस्पताल की व्यवस्था करनी होगी। तटबन्ध बनते वक्त जो उनके साथ छल हुआ है, उसका हर्जाना देना होगा।

कोसी विस्थापित संघ के एक नेताजी बड़ी अच्छी तरह से इन बातों को समझाते थे। एक रात बैठकर प्रह्लाद ने उनका भाषण रिकॉर्ड कर लिया। जिन गाँवों में वे प्रचार करने जानेवाले थे, वहाँ के लोगों को भी इन बातों को समझाना जरूरी था। तभी वे कुछ करने के लिए

तैयार होंगे। नहीं तो कौन पटपटी धूप में तीन बार नाव पर चढ़कर और पैदल चलकर सहरसा जाए?

बाँध के भीतर साढ़े तीन सौ गाँव थे। इनमें से तीन सौ इंडिया में थे, बाकी नेपाल में। इन तीन सौ गाँव के लोगों तक इस बात को पहुँचाना था। पाँच दिन में। हर गाँव तो नहीं जाया जा सकता था। तो बड़े गाँवों को छाँटा गया। वे हुए पचास। उन पचास गाँवों तक अगर बात चली गई तो बात धीरे-धीरे आस-पास के छोटे गाँव तक पहुँच ही जाएगी। मगर फिर भी पाँच दिन में पचास गाँव जाना आसान काम नहीं था। बड़ी चुनौती थी। एक गाँव में एक घंटा भी समय तो देना ही था। फिर जाने-आने का टाइम, खाना-पीना। असम्भव लग रहा था। तय हुआ कि देखा जाएगा। जितना होगा, किया जाएगा।

प्रह्लाद, दीपा और दुखना, तीनों ने खुद को झोंक दिया। सुबह पाँच बजे ही चल पड़ते। शाम सात बजे जिस गाँव पहुँचते, वहीं ठहर जाते। फिर भी एक दिन में छह-सात गाँव से अधिक नहीं हो पा रहा था। गाँव जाना, लाउड स्पीकर लगाना, परिचय देना, लोगों को जुटाना, संघ के अध्यक्ष का भाषण सुनाना, फिर अपनी बात कहना। एक से डेढ़ घंटा लग ही जाता था। फिर तय हुआ कि उन गाँवों में नहीं जाया जाएगा जहाँ लोग रेगुलर रेडियो कोसी सुनते हैं। उन्हें सारी बातें रेडियो पर ही सुना दी जाएगी। 50 गाँव और छँट गए, इनमें पाँच बड़े गाँव थे।

दुखना कहता, चुनाव के समय में नेताजी लोग इसी तरह परचार करने जाते हैं, सुबह उठते हैं और दिन-भर गाँव-देहात दागते रहते हैं। तो दीपा समझाती कि यह अपना काम है, चुनाव वाला काम नहीं। चुनाव में तो नेताजी लोगों को ठगने के लिए घूमते हैं, हम लोग तो लोगों को हक दिलाने के लिए मेहनत कर रहे हैं। पाँच दिनों की मेहनत के बाद यह तय पाया गया कि पैंतीस बड़े गाँव ही हो पाए,

दस बड़े गाँव छूट गए। मगर फिर भी बड़ी आबादी को कवर कर लिया गया। मैसेज पहुँच गया। अब लोग आएँ न आएँ, अपना काम हमने कर दिया।

रैली वाले दिन तीनों की हालत उठकर खड़े होने लायक नहीं थी। सोए थे तो सात बजे सुबह तक होश नहीं आया था। वैसे भी उन लोगों को सहरसा जाना नहीं था, वे तो पुलिस के फरारी थे। मगर एक बार तटबन्ध पर जाकर देखना चाहते थे कि कितने लोग जा रहे हैं। मन मान नहीं रहा था। किसी तरह तीनों उठे और टगते-टुगते तटबन्ध तक पहुँचे। वहाँ गाँव के लोग बड़ी संख्या में थे। अगल-बगल के गाँव के लोग भी नजर आ रहे थे। मगर ये तो वे लोग थे जो रेडियो कोसी रेगुलर सुनते थे और उनको व्यक्तिगत रूप से जानते थे। नये गाँव के लोग कितनी संख्या में पहुँचे होंगे, यह कहना मुश्किल था। एक नौजवान मोबाइल पर लगा हुआ था। उसने बताया कि निश्चिन्त होकर जाइए, मेहनत सफल हुआ। दस हजार से कम लोग सहरसा नहीं पहुँचेंगे। तीनों घर लौट आए।

गहरी नींद में डूबे प्रह्लाद को लगा कि कोई झकझोरकर जगा रहा है। दुखना था। वह कुछ कह रहा था मगर प्रह्लाद की समझ में कुछ नहीं आ रहा था।

"भा...ग...पुलिस आइब गेलौ, भा...ग...एलौ रे..."

पुलिस का नाम सुनकर उसकी इन्द्रियाँ सजग होने लगीं। "ऐ...दीपा जी...जल्दी उठिए, पुलिस आ गई है।" वह दीपा को झकझोरने लगा।

गाँव सुनसान था, ज्यादातर लोग रैली में चले गए थे। कुछ औरतें, बूढ़े और बच्चे बचे थे। बच्चों के शोर से लग रहा था कि पुलिस उस घाट पर उतर रही है। अभी उसको यहाँ आने में पन्द्रह मिनट का टाइम जरूर लगेगा। तीनों पिछवाड़ वाले घाट की तरफ दौड़ लगा रहे थे।

"प्रह्लाद भैया, रैली तो सहरसा में हो रहा है। ई पुलिस बटालियन गाँव में काहे आया है?" भागते-भागते दुखना ने पूछा।

मसला प्रह्लाद को भी समझ नहीं आ रहा था।

दीपा ने कहा, "शायद उनको लगा होगा कि अभी गाँव में कोई नहीं होगा और हमें अरेस्ट करना आसान होगा।"

"हो सकता है।" प्रह्लाद ने जवाब दिया।

"ऐ बुढ़िया, कहाँ छुपाई है अपने बेटा-पुतौह को...?"

निरीह-सी प्रह्लाद की माँ पर पुलिस वाले अपने तरीके से धौंस जमा रहे थे। वह चुपचाप बकर-बकर देख रही थी।

"आतंकवादी लिस्ट में नाम चढ़ गया है, तुम्हरे बेटा का, समझी बूढ़ी। उसको समझा दो कि सरेंडर कर दे थाना में जाकर।"

"ई सिलेंडर क्या होता है पुलिस बाबू...अतंकबादी क्या होता है?"

उसकी बातें सुनकर पुलिस वाले को हँसी आ गई, गुस्सा उसके मुँह में ही फिस्स हो गया। किसी तरह हँसी को जब्त किया और कहा, "माताजी, काहे नहीं समझाती हैं अपने बेटा को? जिन्दगी खराब हो जाएगा। यह अलग बात है कि कोसकन्हा में हम लोग के लिए हसामी को पकड़ना थोड़ा मुश्किल होता है, लेकिन जिस दिन पकड़ाएगा, डंडा परेड तो होगा ही, पन्दरह साल के लिए अन्दर

भेज देंगे। इसलिए भला चाहता है तो कहिएगा, थाना में जाकर हाजिरी दे दे।"

कहकर पुलिस वाले निकल गए। मगर प्रह्लाद की माँ को कई सवाल देकर चले गए—आतंकवादी क्या होता है, सरेंडर क्या होता है, डंडा परेड क्या होता है और हसामी क्या होता है।

टेंशन में आ चुकी उस बुजुर्ग महिला ने हाथ जोड़कर कोसी माँ को याद किया और कहा :

"दुहाय कोसी माय, तोहीं रच्छा करिहें..."

नाव इस बार महिषी गाँव की तरफ जा रही थी। कोसी विस्थापित संघ वालों ने कोसी सेवा सदन का पता बताया था। कहा था, "अब जब भी पुलिस का झमेला हो, भागकर वहीं पहुँच जाना। वहाँ राजेन्द्र भाई को सब कहा हुआ है। रहने की अच्छी जगह है, कोई परेशानी नहीं होगी।"

महिषी इस इलाके का एक बड़ा और ऐतिहासिक गाँव माना जाता है। बताया जाता है कि इसका नाम पहले माहिष्मती था। यहाँ वैसे तो कई ज्ञानी और विद्वान रहे होंगे, मगर मंडन मिश्र और भारती का नाम काफी मशहूर रहा है। इन दोनों पति-पत्नियों ने मिलकर शंकराचार्य को शास्त्रार्थ में परास्त किया था। गाँव में उग्रतारा नाम की देवी का एक प्रसिद्ध मन्दिर है। राजकमल चौधरी नाम के एक बड़े लेखक हुए हैं। यह गाँव पूर्वी कोसी तटबन्ध से बिलकुल सटा है और तटबन्ध के किनारे में है कोसी सेवा सदन।

सुनसान इलाके में बना कोसी सेवा सदन किसी गांधीवादी आश्रम जैसा लगता है। इस सदन के संचालक राजेन्द्र जी कोसी तटबन्ध और इस इलाके के दूसरे कई मसलों पर काम करते हैं, मतलब एनजीओ

चलाते हैं। मगर हैं बड़े भले आदमी। इस इलाके में जो भी कोसी भ्रमण करने आता है, वह यहाँ जरूर आता है।

वहाँ पहुँचते-पहुँचते शाम हो गई थी। राजेन्द्र जी रैली से लौट आए थे, साथ में दो-तीन लोग और थे। एक सोशलिस्ट दाढ़ी वाले सज्जन थे, जो बहुत गुस्से में नजर आ रहे थे। लगातार कुछ-न-कुछ बोल रहे थे। लोग उनको घेरकर सुन रहे थे। वे सरकार पर गरज रहे थे, वे ललित नारायण मिश्रा से लेकर बिजेन्द्र यादव तक, सबकी एक तरफ से ऐसी-तैसी कर रहे थे। जब वे लोग पहुँचे तो राजेन्द्र जी को खबर भिजवाई गई। वे उस महफिल से झट से उठकर बाहर आ गए। बड़ी विनम्रता से प्रणाम किया और तीनों को एक कमरे में ले गए। तय हुआ कि प्रह्लाद और दीपा इस कमरे में रहेंगे और दुखना बाहर बरामदे पर सो जाएगा।

कमरे में एक चौकी थी जिस पर गद्दा और चादर बिछा था। सामान रखकर प्रह्लाद और दीपा उस पर बैठ गए। राजेन्द्र जी ने चौकी खींच ली। और रैली की कथा सुनाने लगे :

"बुझिए कि आज से पहले कभी बाँध के भीतर रहनेवाले लोग का इतना बड़ा रैली नहीं हुआ था। कभी नहीं। सहरसा में इतना भीड़ भी शायदे संजोग जमा हुआ होगा। मैदान भर गया था, खचा-खच दस से पन्द्रह हजार लोग आए होंगे। फिर पूरे शहर में जुलूस निकला। हम लोग के पास ज्यादा झंडा-पोस्टर तो था नहीं, ऐसे ही निकला। रैली का अगला आदमी स्टेशन के पास था तो पिछला डीबी रोड के पास। सँभालना मुश्किल था। जिला प्रशासन से बार-बार फोन आता था, आपको बताना चाहिए था कि इतना लोग आ जाएगा। हम लोग कहते कि हम लोगों को खुद मालूम नहीं था कि कितना आदमी आएगा। आनन-फानन में मधेपुरा जिला से पुलिस मँगाया गया।

फिर पुलिस टीम ही रैली को हाँकने लगी—"साइड हो, पीछे चलो, लाइन मत तोड़ो, ज्यादा चिल्लाओ मत।" कई जगह तो लगा कि पुलिस और पब्लिक में झगड़ा हो जाएगा। हम लोग जो दस मुख्य आदमी थे, वही दौड़-दौड़कर सबको समझा रहे हैं। पुलिस वाले से झंझट नहीं करना है, शान्ति बनाना जरूरी है। भगवान-भगवान करके रैली शान्ति से सम्पन्न हो गई। मैदान पहुँचे तो वहाँ भी भीड़ खचाखच। आस-पास का लोग भी पहुँच गया था कि देखें हो क्या रहा है? इतना भीड़-भड़क्का काहे है। सहरसा का लोग सब कह रहा था कि इ कोसकन्हा वाला तो कमाल कर दिया। इतना आदमी जुटा लिया कि डीएम-एसपी के नाक के नीचे से पानी गुजर रहा होगा। सीआईडी वाला जरूर पटना खबर भेज दिया होगा।

इस बीच में हम लोग भी दस-पन्दरह आदमी जाकर डीएम को ज्ञापन दे आए। साफ-साफ कहे कि जब बाढ़ में हम लोगों को डूबने-भँसाने छोड़ देते हैं। इलाका में एक स्कूल नहीं, एक अस्पताल नहीं, रोड नहीं, बिजली नहीं तो छोटा-सा रेडियो स्टेशन चलाते हैं, उसको बन्द कराने पर काहे तुले हैं : डीएम बोला कि रेडियो स्टेशन चलाना था तो लाइसेंस ले लेना था, गैरकानूनी काम तो हम होने नहीं देंगे। डीएम की इस बात पर आपके गाँव का एक ठो फौजी बमक गया, कहा, हमारे इलाके में आपका कानून चलता है सरकार? लाश गिर जाता है तब तो पुलिस आती नहीं है, आज मंत्री जी का काम पड़ा तो सरकार बहादुर बन रहे हैं। मोमेंट देखकर डीएम चुप हो गया। हम लोगों ने माँग रखे कि स्कूल और अस्पताल खुलवाइए, सड़क बनवाइए, बिजली पहुँचवाइए। 50 साल पहले जो आधा-छीधा पुनर्वास मिला था, उसका समीक्षा कीजिए। तब आपका हक बनेगा हम पर राज करने का। 50 साल से हम लोग अपना हक नहीं माँगे थे। आज माँगने आए हैं। बताइए, कब तक मिलेगा?

डीएम बोला, योजना बना रहे हैं। जो काम इतने दिनों में नहीं हुआ, वह होने में समय तो लगेगा न। सरकार तो अपना काम करेगी ही। मगर यह मत समझिए कि वह आपको गैरकानूनी रेडियो स्टेशन चलाने देगी। वह लड़का फीस लेता है, मतलब व्यावसायिक इस्तेमाल कर रहा है। यह बिना लाइसेंस लिये तो नहीं कर सकते न। हाँ, इधर सरकार कम्यूनिटी रेडियो की योजना लागू कर रही है, न हो तो उसी में अप्लाई करवा दीजिए। जो काम कर रहे हैं, नियम से कीजिए। नियम तोड़िएगा तो सरकार कार्रवाई करेगी। फिर हम लोगों ने यह शिकायत भी की कि पिछले बार गाँव में पुलिस वालों ने काफी बर्बरता की थी, तो डीएम बोले, हम इसकी जाँच कराएँगे।"

यह सब सुन रही दीपा ने राजेन्द्र जी से कहा, "चाचा जी, मैं इतने दिनों से कोसी इलाके में हूँ। जो समस्या है, देखती भी हूँ और भोगती भी हूँ। मगर ठीक से समझ नहीं पाई कि यह तटबन्ध क्यों बना? इसका मकसद क्या था? पुनर्वास के वक्त क्या हुआ? हम लोगों के साथ क्या धोखा हुआ?"

राजेन्द्र जी ने बताना शुरू ही किया था कि दाढ़ी वाले सज्जन वहाँ पहुँच गए। उन्होंने गर्मजोशी से प्रह्लाद और दीपा का अभिवादन किया और कहा कि वे उन दोनों के काम से बहुत प्रभावित हैं। उन्होंने रेडियो कोसी के तारीफों के पुल बाँध दिये। जब उन्हें दीपा के सवालों का पता चला तो उन्होंने इस बारे में बताने का जिम्मा खुद अपने ऊपर ले लिया। कहने लगे :

"आप लोगों को इस बारे में जानना ही चाहिए। आखिरी नई पीढ़ी में तो आप लोग ही हैं जो इन सवालों से जूझ रहे हैं। अब कोसी तो वैसी ही नदी है जैसी दूसरी नदियाँ हैं। जैसे दूसरी नदियों में बाढ़ आती है, इसमें भी आती है। हाँ, यह एक चंचल नदी है। अपना रास्ता बदलती रहती है, इसलिए इसमें जब बाढ़ आती है तो परेशानी कुछ अधिक होती

है। तो हमेशा से ऐसी बात होती रही है कि इसकी बाढ़ को कंट्रोल करने के लिए कुछ काम होना चाहिए। सरकार को कुछ करना चाहिए। जब अँगरेजों का राज था तो वे इन बातों को तवज्जो नहीं देते थे। लोगों को लगता था कि ये लोग तो परदेसी हैं, इन्हें हमारे कष्टों से क्या लेना-देना! मगर केवल इतनी-सी बात नहीं थी। उन लोगों ने अपनी तरह से स्टडी करवाया था और समझ लिया था कि इस नदी को ऐसे ही बहने देना चाहिए, इसमें ज्यादा इंजीनियरिंग नहीं घुसाना चाहिए।

मगर आजादी मिली तो नेहरू जी भारत को बदलने का सपना लेकर आए। सबको लगा कि नया दौर आ गया है। वे बाँधों को नये जमाने का मन्दिर कहते थे। वो गाना तो आपने सुना ही होगा—*छोड़ो कल की बातें...* रेडियो वाले हैं, काहे नहीं सुनेंगे। तो वह गाना नेहरू जी के सिद्धान्तों का प्रतिबिम्ब था। उस गाने में एक लाइन है—*अभी पलटना है रुख कितनी दरियाओं का, कितने पर्वत राहों से हैं आज हटाने*। तो सरकार उस जमाने में ऐसे सोचती थी। दरियाओं का रुख पलट देना है। पर्वतों को रास्ते से हटा देना है। ये चीजें विकास के राह में बाधक हैं। उस वक्त लोगों में यह समझ विकसित नहीं हुई थी कि ये चीजें प्रकृति की अनमोल धरोहर हैं। इनके साथ छेड़छाड़ नहीं किया जाना चाहिए, सामंजस्य बिठाकर जीना चाहिए।

दामोदर वैली कॉरपोरेशन बना तो हमारे छोटे नेहरू ललित बाबू को लगा कि कोसी पर भी एक बाँध बनना चाहिए, एक परियोजना लागू होना चाहिए। जनता कहेगी कि ललित बाबू ने इलाके की तसवीर बदल दी। तो बात चलने लगी कि कोसी नदी पर भी डीभीसी जैसा बाँध बने।

नेहरू जी से हरी झंडी मिल गई। तय हुआ कि नेपाल के बराह क्षेत्र में बाँध बनेगा। मगर खर्चा जोड़ा गया तो सरकार के हाथ-पाँव फूलने लगे। फिर ऐसे में एक सलाहकार ने बराज और तटबन्ध का

सिद्धान्त पेश किया। वे चीन घूमकर आए थे और बड़े विशेषज्ञ माने जाते थे। बजट भी सीमित था। तो तय हो गया कि कोसी को दोनों तरफ से तटबन्ध बनाकर, मतलब मिट्टी की ऊँची दीवार बनाकर घेर दिया जाए, ताकि नदी उन दीवारों के बीच ही फँसी रहे। उछल-कूद नहीं मचाए।

इसी सिद्धान्त पर भीमनगर में बराज बना और नदी के दोनों किनारे में तटबन्ध बने। कोसी नदी जो अररिया से लेकर कुशेश्वरस्थान, दरभंगा के बीच सौ-सवा सौ किमी. के दायरे में जगह बदल-बदलकर बहा करती थी, उसे आठ किमी. की चौड़ाई में कैद करने की कोशिश की गई। अब इस प्रयोग का नतीजा क्या निकला, यह तो सब जानते हैं। हर सात-आठ साल में एक बार प्रलयंकारी बाढ़ आती ही है। कितना भी मजबूत कर दो, बाँध टूटता ही है। यह तो अलग मसला है। मगर हमारा मसला अलग है।

तटबन्ध बनाकर जिन लोगों को बाढ़ से बचाने की कोशिश की जा रही थी, वे तो समझ रहे थे, हम सुरक्षित हो गए। मगर हम लोग आठ किमी. चौड़ी तटबन्धों की दो दीवारों के बीच फँसनेवाले थे। साढ़े तीन सौ गाँव थे और लाखों लोग। कहा गया कि कुछ लोगों को तो तकलीफ सहना ही होगा। हालाँकि यह भी तय हुआ कि हम लोगों को बसने के लिए बाहर जमीन दी जाएगी और खेत कोसी के भीतर रहेंगे। प्रक्रिया शुरू हुई, कुछ लोगों को जमीन दी गई। मगर उनके घर और खेत की दूरी चार-पाँच किमी. से भी अधिक हो गई। अब आप सोचिए कि कोई किसान रोज पाँच किमी. दूर जाकर खेती कर सकता है क्या? तो लोगों ने विरोध किया और कहा कि खेत के बदले खेत भी मिले। मगर वह नहीं मिला और एक-दो बारिश देखने के बाद लोगों ने तय किया कि वे बाँध के बीच अपने गाँव में ही रहेंगे।

कुछ लोगों को पुनर्वास का पैसा मिला, मगर वह इतना कम था कि उससे कुछ नहीं हो सकता था। ज्यादातर लोगों को कुछ नहीं मिला।

मतलब हुआ यह है कि सरकारी खाते में पुनर्वास भी हो गया और हम लोग तटबन्धों के बीच फँसे रह गए। पचास साल में बाहर की दुनिया बदल गई, मगर हम लोग वैसे के वैसे ही रह गए—हर साल कोसी की बाढ़ से जूझते हुए। यही है वह छल।"

"मगर अब पचास साल बाद तो यह जाहिर हो गया है कि तटबन्ध वाली तरकीब बेकार थी। कई बार तटबन्ध टूटे। 2008 में तो पूरी की पूरी नदी ही तटबन्ध से बाहर हो गई। मगर फिर भी सरकार ने तटबन्धों को खारिज क्यों नहीं किया? 2008 में फिर से नदी को तटबन्धों के बीच डाला गया और तटबन्धों को और मजबूत बना दिया गया, ऐसा क्यों हुआ? सरकार अपना नजरिया बदलने के लिए तैयार क्यों नहीं है?" दीपा ने पूछा।

"दरअसल इन पचास सालों में मिट्टी से बने ये तटबन्ध जल-संसाधन विभाग के मंत्री से लेकर इंजीनियरों और ठेकेदारों के जेब भरने का जरिया बन गए हैं। हर साल सैकड़ों करोड़ रुपये इन्हें मजबूत करने और सुरक्षित बनाने में खर्च होते हैं। हर साल कह दिया जाता है कि बड़ा हिस्सा बह गया। आज की तारीख में तटबन्धों की सुरक्षा का बजट तीन सौ करोड़ तक पहुँच गया है। अब इस कमाई से भला कौन हाथ धोना चाहेगा? यही वजह है कि बारिश और बाढ़ के सीजन में जहाँ लोग कोसी इलाके को छोड़कर सुरक्षित इलाकों में पनाह लेते हैं, बिहार में जलसंसाधन विभाग के इंजीनियर अपना ट्रांसफर कराकर इस इलाके में पोस्टिंग लेते हैं। वह भी मोटी रकम देकर। यही वजह है कि सब लोग समझते हैं मगर कोई इस मसले पर पुनर्विचार करने को तैयार नहीं है।"

प्रह्लाद को याद आ गई पिपरा बगेवा गाँव की कहानी। पिछले दिनों रैली के प्रचार के सिलसिले में वे लोग उस गाँव गए थे। गाँव कटाव से प्रभावित था। कुछ हिस्सा कटकर कोसी में समा चुका था।

वहाँ सरकार ने गाँव को बचाने के लिए सैंड बैग लगवाए थे। हालाँकि यह तय था कि उस गाँव को बचाया नहीं जा सकता, फिर भी विभाग पैसे फूँक रहा था। गाँव वाले बहुत नाराज थे। कह रहे थे, सारा पैसा पानी में जानेवाला है, मगर काम चल रहा है। यही पैसा उन लोगों के पुनर्वास पर खर्च हो जाता तो कुछ लाभ होता। सैंड बैग जो लगाए जा रहे थे, उसमें सैंड के बदले लोकल मिट्टी भरी जा रही थी। यह साफ-साफ घोटाला था। मतलब बजट का 80 फीसदी पैसा बचा लिया जानेवाला था। नदी उस बैग को कुछ दिनों में भसा देगी, फिर किसे फर्क पड़ता है कि बैग में मिट्टी थी या रेत! अब साफ समझ में आ रहा था कि क्यों उन लोगों की तबाही के सामान को जिन्दा रखा जाता है।

4

अगली सुबह इन लोगों ने तारा मन्दिर में पूजा की, मंडन धाम देखा और कारू-खिरहर की तरफ निकले। दूरदराज से आनेवाले लोग उग्रतारा का दर्शन करने महिषी आते हैं, मगर स्थानीय लोगों, खास तौर पर पशुपालकों की निगाह में कारू-खिरहर की महिमा काफी अधिक है। यहाँ हर रोज दूर-दूर से पशुपालक दूध चढ़ाने पहुँचते हैं। मान्यता है कि यहाँ गाय का पहला दूध चढ़ाने से पशुधन में बरकत होती है। प्रह्लाद और दुखना यहाँ कई दफा आ चुके हैं, बरसात के मौसम में अपनी नाव से यहाँ आने में एक घंटा लगता था। मगर वह बचपन के दिनों की बात है। जब से दीपा आई है, तब से वह इधर नहीं आ पाया। आज संयोग से मौका मिला तो आ गया। अब मन्दिर काफी भव्य बन गया है। पहले इतना बड़ा नहीं था। अब नाव से सीधे मन्दिर में उतरा जा सकता है।

सोमवार की वजह से मन्दिर में ठीक-ठाक भीड़ थी। महिलाएँ पूजा करने में व्यस्त थीं और पुरुष अहाते में बैठकर गप्पें लड़ा रहे थे। प्रह्लाद ने गौर किया कि लोग कल की रैली के बारे में ही बात कर रहे थे। एक आदमी के हाथ में अखबार था और वह खबरें पढ़कर लोगों को सुना रहा था। एक दूसरे सज्जन बीच में ही कह उठे, "यह तो मानना पड़ेगा कि कल वाली रैली जोरदार थी। प्रशासन अब तक बाँध के भीतर वालों को दाल-भात का कौर समझता था, अब उसकी समझ में आया होगा हम लोगों का पावर। अरे, कुछ नहीं करते थे, इसलिए न एक बार करके दिखा दिये, अब औकात में रहे। बाँध के भीतर ज्यादा इंटरफेयर नहीं करे।"

पेपर पढ़नेवाले ने पेपर समेटकर रख दिया और उस सज्जन की तरफ व्यंग्य-भरी निगाह से देखने लगे। कहा, "हो गया। उड़ लिये, जितना उड़ना था। ज्यादा क्रेडिट मत लीजिए। कल जो हुआ है न, ऊ दोनों बचवा के कारण हुआ है, जो रेडियो कोसी बजाता है। उसी ने सबको जुटाया और समझाया कि एक बार एकजुट होकर जवाब देना बहुत जरूरी है। नहीं तो पचास साल से तो डूब ही रहे थे, भसिया ही रहे थे। काहे नहीं उतरते थे सड़क पर? सच यही है कि हम लोग बेपानी आदमी हैं। कोई कितना भी डुबाएगा, हम आह-ऊह भी नहीं करेंगे। आज तक काहे न नहीं हुआ ऐसा रैली, बताइए?"

"मानते हैं, आपका ई बात सही है। पचास साल से हम लोग बिना कुछ कहे सरकारी मार खा रहे हैं। मगर कल जो जवाब मिला है, ऊ साधारण नहीं है। सहरसा के नेता नगरी सबका दिमाग खलबला रहा होगा। पटना तक खबर हो गया होगा। बुझिए कि एक लाख भोट है। अगर यही मोमेंट बना रहा तो एक लाख भोट जिधर गिरा, उधर तराजू भारी। देखिएगा, इलेक्शन में कैसे नेतवन सब वादा का पेटार लेके इधर आता है।"

"जो भी हो।" पेपर वाले आदमी ने कहा, "रेडियो कोसी को हर

हाल में जिन्दा रखना होगा। अब ऊ बाँध के भीतर वालों का आन-बान-शान बन गया है। वही आवाज है। वही है, इसलिए भीमनगर से कोपड़िया तक तीन सौ गाँव एक है, है कि नहीं?"

"सही बात है।" पास बैठे लोगों ने एक सुर में कहा।

इन लोगों की बात सुनकर प्रह्लाद को खुशी भी हुई और उसका हौसला भी बढ़ा। कोसी के एक छोटे-से फुदुक्की चिड़ैया से वह आज पूरे इलाके की आन-बान-शान बन गया है। उसके जी में आया कि वह कह दे, वही प्रह्लाद है, रेडियो कोसी का संचालक। मगर कुछ सोचकर चुप रह गया। दीपा हाथ-पाँव धोकर आ गई थी। फिर दोनों मन्दिर के भीतर गर्भ-गृह में दर्शन करने चले गए।

दर्शन करके दोनों बाहर निकले ही थे कि एक जीप आकर रुकी और झट से उसमें से चार पुलिसवाले उतरे। चारों उनकी तरफ झटककर बढ़ने लगे और जोर से कहा, "रुक-रुक...भागना नहीं।"

लगा, आज तो पकड़े गए। पुलिस और उनके बीच मुश्किल से 15 मीटर का फासला था। बचने की कोई उम्मीद नहीं थी कि अचानक गप्प करनेवाले लोग फुरती से आगे आ गए और पुलिस और उनके बीच खड़े हो गए। वे "क्या बात है, क्या बात है" कहकर चिल्लाने लगे। प्रह्लाद समझ गया कि यह भागने का इशारा है। वह दीपा का हाथ पकड़कर चुपके से खिसकने लगा।

हंगामा होता देखकर औरतें भी बाहर आ गई थीं। और यह पुलिस की गिरफ्त से निकलने में और मददगार साबित हो रहा था। उधर पुलिस वाले चिल्ला रहे थे, "यह ठीक बात नहीं है। एक-एक को देख लेंगे।" जबकि वहाँ मौजूद लोग जान-बूझकर अनजान बनने की कोशिश कर रहे थे। पूछ रहे थे, "पहले बताइए न दरोगा जी, हुआ क्या है।" इस बीच चिड़िया फुर्र हो चुकी थी।

जब नाव बीच नदी में पहुँच गई और यह तय हो गया कि पुलिस

का खतरा टल गया है, दीपा ने प्रह्लाद से कहा, "कब तक हम लोग इस तरह भागते रहेंगे? हम लोग वारंटी हैं और कानून की निगाह में भगोड़े हैं, यह बात तो ठीक नहीं। क्या यह ठीक नहीं होगा कि हम लोग अरेस्ट हो जाएँ और अदालत में अपनी बात रखें? चूहे-बिल्ली वाली यह भागा-दौड़ी कब तक चल सकती है?"

दीपा की बात सुनकर प्रह्लाद पसोपेश में पड़ गया। उसने कहा, "आपकी बातें ठीक हैं। मगर अब यह सिर्फ हम लोगों का मामला नहीं रह गया। अब देखिए न, कितने लोग इसमें जुड़ गए हैं। सभी से नहीं, मगर कम-से-कम मास्साब और मुखिया मामा से तो एक बार पूछना जरूरी है।"

उसकी बात पर दीपा ने भी सहमति में सिर हिला दिया।

दो दिन तक वे लोग पड़ोस के गाँवों में ही रहे, अपने परिचितों के घर में। डर से गाँव नहीं गए कि पुलिस छापेमारी के लिए वहाँ न पहुँची हो। दो दिन बाद शाम के वक्त जब गाँव पहुँचे तो सबसे पहले मास्साब और मुखिया जी के सामने यही सवाल रखा। सवाल सुनकर मास्साब भी कुछ देर के लिए मौन हो गए और उनको चुप देखकर मुखिया जी की भी कुछ बोलने की हिम्मत नहीं हुई।

कुछ देर बाद मास्साब बोले, "नैतिकता के लिहाज से यह बात सोलह आने सही है कि ऐसे में आप दोनों को अरेस्ट हो जाना चाहिए और कोर्ट में साबित करना चाहिए कि एक ऐसे इलाके में जहाँ सूचना और मनोरंजन की कोई सुविधा नहीं है, वहाँ ऐसे रेडियो स्टेशन को चलाना गैरकानूनी नहीं होना चाहिए। हम लोग भी उसकी गवाही देंगे। मगर, अब नैतिकता का मसला खत्म हो चुका है। हम लोग एक युद्ध के बीच में हैं। युद्ध में जायज-नाजायज कुछ नहीं होता। मंत्री जी पुलिस प्रशासन की मदद से यह साबित करेंगे कि तुम दोनों बहुत बड़ा अपराध कर रहे हो। और हमारे पास इतनी ताकत नहीं होगी कि हम उसे गलत साबित

कर सकें। फिलहाल हम लोग इस कोशिश में हैं कि कोसी तटबन्ध के बीच फँसी तीन सौ गाँवों की जनता जागृत हो, अपने साथ हुए छल को समझे और उसका प्रतिकार करे। हम काफी हद तक सफल भी हो रहे हैं। यही प्रतिकार उन्हें अपना स्टैंड बदलने पर मजबूर करेगा—न सिर्फ रेडियो के बारे में बल्कि इस पूरे इलाके की तमाम समस्याओं के बारे में। हमारी आवाज इस बार पटना तक जरूर पहुँची होगी। हम उम्मीद कर रहे हैं कि कोई सकारात्मक बदलाव आएगा, नहीं आया तो हम फिर से आवाज उठाएँगे। हाँ, इस बीच तुम लोग जरूर बार-बार खतरे में पड़ जाते हो, इस बारे में कुछ सोचना पड़ेगा।"

मास्साब की बातों ने काफी हद तक उन दोनों के मन पर पड़े भ्रम को साफ कर दिया। मुखिया जी भी चिन्तामुक्त हुए। उन्होंने कहा, "मास्साब, अप्रैल महीना खत्म ही हो रहा है। मई-जून से कोसी में पानी उतरने लगेगा। जुलाई से लेकर सितम्बर तक तो इलाके में इतना पानी भर जाएगा कि पुलिस वालों की हिम्मत इधर से गुजरने की नहीं होगी। बस, डेढ़-दो महीने की बात है। हम सोचते हैं कि अब ये दोनों बच्चे बाहर न जाएँ, गाँव में ही रहें। पुलिस आएगी तो हम लोग जैसे होगा, फरिया लेंगे। अब जो होगा, देखा जाएगा। हम अब इन लोगों को ऐसे छिछियाने नहीं देंगे।"

क्लाइमेक्स

आखिर वह दिन आ ही गया—वह दिन, जिससे बचने की कोशिश लगातार की जा रही थी। प्रह्लाद और दीपा ही नहीं, कोसी तटबन्धों के बीच रह रहे 300 गाँवों के लोग जिसके लिए पिछले सात-आठ महीने से परेशान थे। वे जिस खतरे से दीपा और प्रह्लाद जैसे युवाओं को बचाने की कोशिश कर रहे थे, वह खतरा आ ही गया। दोनों गिरफ्तार कर ही लिये गए।

दुखद यह है कि यह तब हुआ, जब सबको लगने लगा था कि खतरा टल गया है; जब सब लोग निश्चिन्त हो चुके थे। मुखिया जी के हिसाब से संकट भरे महीने बीत चुके थे। न जाने क्यों उन महीनों में पुलिस नहीं आई, शायद वह सहरसा वाली रैली की भीड़ देखकर सतर्क हो गई थी। शायद ऊपर से आदेश आ गया था कि अभी इस मामले में कुछ नहीं किया जाए। वजह जो भी हो, मगर जो खतरे का वक्त था, वह आराम से गुजर गया।

वे जून के आखिरी दिन थे। नेपाल के पहाड़ों से बहकर काफी पानी कोसी में आ चुका था। सर्दियों में सिकुड़ गई नदी अब अपना आकार ले रही थी। बारिश भी शुरू हो चुकी थी।

बुजुर्गों ने पानी का रंग देखकर पहले ही बता दिया था कि इस बार बाढ़ आकर रहेगी और हम लोगों को हर हाल में तटबन्धों पर शरण

लेनी पड़ेगी। जिनके पास अपनी नाव थी, वे उनकी मरम्मत करा रहे थे। कई लोगों ने छोटी ही सही डोंगी बनवा ली थी। कोसी के पेट में बिना नाव के रहना आसान नहीं है। जब पानी भरेगा तो पेशाब-पैखाना जाने के लिए भी नाव ही सहारा रहेगी।

इस बीच औरतें अचार और सुखौंत के खजाने को टटोलकर देख चुकी थीं कि बरसात में, बिना सब्जियों वाले मौसम में, यह किसी हद तक साथ देगा। आलू और प्याज खरीदकर रखा जा रहा था। कुछ सालों से बारिश और बाढ़ के दिनों के लिए लोग सोयाबीन की बड़ियाँ भी खरीदने लगे थे।

जिनके घरों में गर्भवती स्त्रियाँ और बुजुर्ग थे, उन्हें पहले ही शहरों में किसी रिश्तेदार के घर भेजा जा चुका था। ऐसे सामान जिन्हें आपदा की स्थिति में अपने साथ नहीं ले जाया जा सकता, उन्हें इतनी ऊँचाई पर रखा जा रहा था, जहाँ तक पानी न पहुँचे। यह हर साल का मामला था। हर किसी को मालूम था कि पानी आएगा तो किस लेवल तक आएगा। कुछ लोग पहले से ही तटबन्ध पर अपने लिए सुविधाजनक जगह घेर आए थे। पशुपालक इस तैयारी में थे कि चारा खत्म होने से पहले किसी ऐसे इलाके में निकला जाए, जहाँ बाढ़ का प्रकोप नहीं होता है। मगर इन हालात में प्रह्लाद और दीपा एक अलग तरह की समस्या से दो-चार हो रहे थे।

यह दूसरा महीना था, दीपा को पीरियड्स नहीं आए थे। वह सशंकित थी कि कहीं वह प्रेग्नेंट तो नहीं हो गई है? एक रोज प्रह्लाद शाम के वक्त छुपते-छुपाते सहरसा गया था और वहाँ से प्रेग्नेंसी टेस्ट किट लेकर आया था। मगर उसने भी कोई स्पष्ट नतीजा नहीं दिया। डॉक्टर को दिखाना जरूरी हो गया था। उस युवा दम्पती को समझ नहीं आ रहा था कि भागमभाग के इस दौर में वे ऐसी जटिल स्थिति से कैसे निबटें, गाँव में किससे सलाह लें!"

एक रोज प्रह्लाद दीपा को साथ लेकर फौजी अभय सिंह के घर गया। उनकी पत्नी सहरसा की रहनेवाली थीं और गाँव की समझदार महिलाओं में से एक मानी जाती थीं। दीपा ने उनके सामने खुलकर अपनी समस्या बताई। इस पर उन्होंने कहा कि ऐसी स्थिति में डॉक्टर को दिखा लेना चाहिए। उनकी एक मौसेरी बहन सहरसा में स्त्रीरोग विशेषज्ञ हैं, वे उनके नाम एक चिट्ठी लिख देती हैं। दोनों को यह राय जँच गई। तय हुआ कि अगले दिन सुबह के वक्त सहरसा की तरफ निकला जाएगा।

दो माह से गाँव में छिपे और पुलिस की निगाहों से बचे प्रह्लाद और दीपा को बिलकुल अहसास नहीं था कि यह यात्रा उनके लिए खतरनाक साबित हो सकती है। इन दो महीनों में एक बार भी पुलिस गाँव नहीं आई थी। उन्हें लगा था कि खतरा टल गया है। रेडियो कोसी न सिर्फ फिर से चालू हो गया था बल्कि कुछ मशीन जोड़कर प्रह्लाद ने इसकी पहुँच लगभग उन तीन सौ गाँवों तक फैला ली थी, जहाँ तटबन्ध की कैद में फँसे बाशिंदे रहते थे। जीवन फिर से ढर्रे पर आ रहा था। लग रहा था कि पुलिस वाली कहानी अब बीते दिनों की बात हो गई।

उनकी नाव गाँव से कुछ दूर आगे निकली थी कि उन्हें एनडीआरएफ की कुछ बोट आती हुई दिखी। बाढ़ की आशंका के मद्देनजर जिला प्रशासन के अधिकारी उस रोज सुबह-सुबह कोसी के इलाके का सर्वे करने निकले थे। एनडीआरएफ के लिए आधा दर्जन नई बोटें आई थीं, उनकी टेस्टिंग होनी थी। डीएम-एसपी समेत कुछ अधिकारियों के लिए यह मौज-मस्ती वाला भी मौका था। कुछ टीवी वाले पत्रकार भी साथ में थे। इन बोटों को देखकर पहली दफा ही प्रह्लाद का मन भयभीत हो गया। मगर बोट वालों को उनके होने का अहसास नहीं था, वे उनकी नाव के दोनों तरफ से तेजी से निकल

गए। बोटों के निकलते ही प्रह्लाद ने चैन की साँस ली और दुखना से कहा कि किसी अनजाने रास्ते से चले और कम आबादी वाले घाट पर नाव उतारे।

मगर उधर बोट पर बैठे एक पुलिस अधिकारी ने दीपा को देख लिया और उसकी समझ में आ गया कि इस इलाके में पंजाबी नयन-नक्श वाली यह लड़की रेडियो कोसी वाली ही हो सकती है। उन्होंने डीएम और एसपी महोदय को चुपके से सारी बात बताई और कहा कि आज बैठे-बिठाये एक एचीवमेंट हाथ लग सकता है। सारी बोटें मोड़ ली गईं। और पाँच मिनट के अन्दर प्रह्लाद ने पाया कि उसकी नाव चारों तरफ से बोटों से घिर गई है। उन्हें घेरकर पास के एक घाट के पास ले जाया गया। दुखना को इस बिना पर छोड़ दिया गया कि वह तो किराये का नाविक है, उसे इनसे क्या लेना-देना! उस घाट के पास पुलिस गाड़ी बुलाने के लिए मुख्यालय में फोन कर दिया गया और पूछताछ शुरू हो गई।

"तो, तुम्हीं दोनों हो फर्जी रेडियो स्टेशन चलानेवाले?"

"जी, रेडियो स्टेशन तो चलाते हैं, मगर यह फर्जी है, हमें मालूम नहीं था।"

"बकवास करते हो। इतने दिन से पुलिस ढूँढ़ रही है और तुम लोग चूहा-बिल्ली का खेल खेल रहे हो और कहते हो, मालूम नहीं है?"

इस बात पर दोनों चुप हो गए।

"माथा खराब कर दिया है, छह महीने से पूरा जिला प्रशासन परेशान है। कुछ समझते हो, क्या कर रहे हो तुम लोग?"

वहाँ मौजूद हर अधिकारी पूछताछ के नाम पर डाँट-डपट करने लगा और टीवी वाले बार-बार इनकी तरफ कैमरा कर देते। दोनों की हालत पस्त थी। समझ नहीं आ रहा था कि क्या करें। माफी माँगना ठीक होगा या अपने स्टैंड पर कायम रहना चाहिए?

बीच में प्रह्लाद ने एक बार धीरे से कहा, "साहब, दीपा जी की तबीयत खराब है, डॉक्टर को दिखाना है।"

इस पर अधिकारी बोले, "लेडीज पुलिस आ रही है, वही लोग इनको अस्पताल ले जाएँगी। अभी इधर-उधर की बात मत करो। तहकीकात में कानून की मदद करो।"

इस बीच दुखना ने होशियारी का काम किया। वह अपने गाँव जाकर सबसे नजदीक वाले गाँव चला गया और वहाँ जाकर खबर फैला दी कि "रेडियो कोसी वाले भैया-भौजी को पुलिस पकड़ लिया है। जल्दी चलिए।"

यह सुनकर उस गाँव के तमाम लोग आनन-फानन में उस जगह पहुँचने लगे जहाँ पुलिस ने इन दोनों को घेरकर रखा था। वहाँ अच्छा-खासा मजमा लगने लगा। अधिकारियों को लगा कि मॉब को ठीक से हैंडल नहीं किया गया तो ये लोग दोनों को छुड़ा लेंगे। उन्होंने लोगों को समझाया कि बस, पूछताछ हो रही है और कोई बात नहीं है।

इन लोगों की पूछताछ चल ही रही थी और अधिकारी इन्हें सहरसा ले जाने की योजना बना ही रहे थे कि इस बीच एक तीसरी ही बात हो गई। डीएम साहब के फोन की घंटी बजी, जो किसी बड़े अधिकारी का कॉल था, लिहाजा वे भीड़ से अलग होकर किनारे की तरफ चले गए। वहाँ से बात करके जब वे लौटे तो उनके चेहरे पर बहुत अधिक तनाव था। उन्होंने एक मिनट के लिए एसपी साहब को एकान्त में आने के लिए कहा। इस एकान्ती में एनडीआरएफ के अधिकारी को बुला लिया गया। इधर टीवी वाले प्रह्लाद और दीपा का बाइट लेने लग गए। भीड़ में मौजूद लोग भी बहुत कुछ कहना चाह रहे थे, माइक उधर भी घुमाना पड़ रहा था।

उधर, एकान्त वाले दृश्य में तीनों अधिकारियों के माथे पर परेशानी की लकीरें खिंची थीं।

"कब खबर आई सर?" एनडीआरएफ के अधिकारी ने पूछा।

"बस, अभी। जल संसाधन विभाग के सेक्रेटरी ने अभी तुरन्त मैसेज किया है। ये लोग भी न एकदम आखिर में बताते हैं। बराह क्षेत्र से भीमनगर बराज मुश्किल से 40-45 किमी. का रास्ता है और कोसी महासेतु आते-आते बस्तियाँ शुरू हो जाती हैं। वहाँ से यहाँ पानी आने में कितना समय लगेगा? मुश्किल से तीन-चार घंटा। अभी बराहक्षेत्र में वाटर लेवल चार लाख क्यूसेक है और कहा जा रहा है कि यह बढ़ेगा और आठ से नौ लाख तक पहुँच जाएगा। मतलब हमारे पास तीन घंटे का वक्त है और पूरे इलाके को खाली कराना है। नहीं तो हजारों लोग बह जाएँगे। कितनी मौतें होंगी, उसका ठिकाना नहीं है। यह बताइए कि हम लोगों की क्या तैयारी है?"

एनडीआरएफ के अधिकारी ने हाथ खड़े कर दिये, कहा, "हमारे पास तो आधा दर्जन नई और एक दर्जन पुरानी बोट हैं। इनकी मदद से हम कितने लोगों को बचा पाएँगे?"

"मेरे हिसाब से अभी जितने उपाय हैं, उस पर काम शुरू किया जाए। जितने लोगों को निकाला जा सकता है, निकाला जाए, और क्या कर सकते हैं?"

"अनाउंसमेंट करा सकते हैं?" एसपी ने कहा।

"मगर उसके लिए लाउडस्पीकर का इन्तजाम करना होगा। उसमें कम-से-कम एक घंटा लगेगा। इस निर्जन इलाके में लाउडस्पीकर कहाँ मिलेगा? और हम सब सीनियर अधिकारी यहीं हैं, कोई सहरसा में नहीं है सिचुएशन मॉनिटर करने।" डीएम ने जवाब दिया।

"मतलब, सिचुएशन कंट्रोल से बाहर है। अब तय है कि हजारों लोग मरेंगे और जितने लोगों को हम बोट से बचा सकेंगे, उतने ही बचेंगे।" एसपी साहब बोले।

"फिर चलिए, शुरू करते हैं। हाँ, उन दोनों का क्या करना है—रेडियो कोसी वालों का? मेरे खयाल से उन्हें अभी चेतावनी देकर भगा देते हैं। पहले यह रेस्क्यू ऑपरेशन जरूरी है।"

"हाँ, भगाओ उनको..." डीएम साहब बोले, मगर बोलते-बोलते रुक गए, "अरे रुको, दोनों को बुलाओ।"

एसपी इशारा करके दोनों को बुलाते हैं।

दोनों वहाँ आ जाते हैं।

डीएम साहब पूछते हैं, "तुम्हारा रेडियो वाला सामान कहाँ है?"

प्रह्लाद कहता है, "साथ ही में है सर। हम साथ ही लेकर चलते हैं।"

"वह दौड़कर जाता है और एक थैला ले आता है, जिसमें माइक और ट्रांसमीटर है। उसे लगता है, पुलिस वाले सारा सामान सीज करेंगे।

मगर उसे देखकर डीएम साहब के चेहरे पर उम्मीद की किरण नजर आने लगती है, "तो तुम इसे यहाँ से चला सकते हो?"

"जी, चला तो सकते हैं, मगर अब वादा करते हैं, बिना परमिशन के नहीं चलाएँगे।" प्रह्लाद को डीएम का रुख नर्म लगता है। उसे लगता है कि झूठा वादा करने से रिहाई मिल जाएगी।

"नहीं, चलाना पड़ेगा। अभी, यहीं...कहाँ तक के लोग तुम्हारी बात सुन पाएँगे?"

"सुनते तो सभी तीन सौ गाँव के लोग हैं सर। मगर आप भरोसा कीजिए, हम आपके परमिशन के बिना इसे नहीं चलाएँगे।"

डीएम साहब टीवी चैनल वालों को बुला लेते हैं और कहते हैं, "आप लोगों के सामने मैं इसे यह रेडियो स्टेशन चलाने की अस्थायी और मौखिक इजाजत देता हूँ। आप इसे रिकॉर्ड कर लें। आपदा की स्थिति है, तीन घंटे में पूरे इलाके को खाली कराना है। और कोई उपाय

नहीं है। रेडियो कोसी ही अब इस इलाके के लाखों लोगों को डूबने से बचा सकती है।"

टीवी वाले पूछने लगते हैं, "हुआ क्या है सर...?"

डीएम संक्षेप में सारी स्थिति बताते हैं। कहते हैं, "नेपाल में भारी बारिश हुई है और बहुत जल्द इस इलाके में नौ लाख क्यूसेक पानी आनेवाला है। तटबन्ध की स्थिति इतने पानी को सँभालने लायक नहीं है। पानी जिस रफ्तार से आ रहा है कि पूरे इलाके को बहाकर गंगा में गिरा देगा। बचाव का एक ही तरीका है, पूरे इलाके को खाली करवाना। मगर तीन घंटे में इस इलाके के तीन सौ गाँव तक खबर पहुँचाना हमारे बस की बात नहीं है। वहाँ रेडियो कोसी के सिवा संचार का कोई साधन भी नहीं है। रेडियो कोसी ही आखिरी उम्मीद है। इसी के जरिये मैसेज भेजकर इतनी बड़ी आबादी को बचाया जा सकता है।"

इस भयानक खबर को सुनकर सबके चेहरे पर हवाइयाँ उड़ने लगती हैं। प्रह्लाद रेडियो कोसी को चालू करने लगता है। मगर दीपा उसका हाथ पकड़कर उसे रोक लेती है। वह कहती है :

"मगर आप तो हमें अरेस्ट करने आए थे सर। रेडियो कोसी तो गैरकानूनी है न, फिर आप इसे क्यों चलवाना चाहते हैं? प्रह्लाद, आप रेडियो मत चलाइए। इनका काम हो जाएगा, और फिर ये इसी काम के जुर्म में हमें जेल भेज देंगे। हम रेडियो कोसी का इस्तेमाल सरकार को नहीं करने देंगे।"

"आप सिचुएशन समझ रही हैं मैडम?" एसपी कहते हैं, "डीएम साब कह रहे हैं न कि हम आपको आपदा के वक्त में टेम्परेरी लाइसेंस दे रहे हैं। और हादसे के टलने के बाद हम कोशिश करेंगे कि आपको कानून से राहत मिले। आप समझती क्यों नहीं हैं? कुछ नहीं किया गया तो आपके लोग ही डूबेंगे। हम आपके लोगों की ही चिन्ता कर रहे हैं।"

"क्या होगा, डूब जाएँगे, भँस जाएँगे, तो...? अभी क्या हम लोग

जिन्दा हैं? इतने साल से आप लोगों ने हमें सौतेला बनाकर रखा है। न स्कूल, न अस्पताल, न सड़क, न बिजली, एक रेडियो हम लोग बजाते हैं तो उसे बन्द कराने पुलिस-फौज आ जाती है और आज काम पड़ा तो कहते हैं, अस्थायी इजाजत दे रहे हैं। नहीं चलाएँगे हम रेडियो कोसी। डूब जाने दीजिए हम लोगों को। इतने दिनों से तो हर साल डूबते ही हैं, क्या फर्क पड़ता है? हर दो साल में नया मकान खड़ा करते हैं। हर साल मरते हैं, फिर जिन्दा होते हैं। मर जाने दीजिए। आपको हमारे मरने की फिक्र नहीं है, आपको फिक्र बस अपने सीआर की है। हम आपके राज में मर जाएँगे तो आपका सीआर खराब हो जाएगा। हम सब समझते हैं।"

दीपा की बातें सुनकर डीएम साहब अवाक् रह जाते हैं। उन्होंने कल्पना भी नहीं की थी कि उनके प्रस्ताव का ऐसा जवाब आएगा। अब तक उन्होंने सिर्फ लोगों को अपने आदेश पर एक्शन में आते देखा था। उन्होंने खुद को संयत किया। आवाज में नम्रता लाने की कोशिश की और कहा :

"देवी जी, माफ कीजिए। मैंने आपसे ठीक से बात नहीं की। हम लोग सचमुच इस इलाके के अपराधी हैं। पूरी बिहार सरकार अपराधी है। मैं जब तक हूँ, पूरी कोशिश करूँगा कि इस अपराध की क्षतिपूर्ति हो। मैं आपसे आग्रह करता हूँ कि आप इस इलाके को बरबाद होने से बचा लें। यह रेडियो कोसी की ही ताकत है कि आज एक उम्मीद है कि लोग बच सकते हैं, वरना हमारे तो तमाम साधन बेकार साबित हो गए थे। मैं इस ताकत को अपने तईं जिन्दा रखने की कोशिश करूँगा।"

इस बीच टीवी पत्रकार अपने-अपने चैनलों को मैसेज कर देते हैं कि कोसी के तीन सौ गाँव एक बार फिर संकट के मुहाने पर हैं। तीन

घंटे के अन्दर नौ से दस लाख क्यूसेक पानी कोसी में आनेवाला है। पूरे इलाके को खाली कराना है। जिला प्रशासन ने हाथ खड़े कर दिये हैं। अब एक ही उम्मीद है, इस इलाके में चलनेवाला एक अवैध रेडियो स्टेशन रेडियो कोसी। वह चाहे तो सबकी जान बचा सकता है। उस रेडियो स्टेशन को इस इलाके का एक-एक बच्चा सुनता है। वह एक बार अनाउंस करेगा तो कोसी के पेट में बसे गाँव खुद-ब-खुद खाली हो जाएँगे।

न्यूज चैनल से निकली ब्रेकिंग न्यूज सोशल मीडिया में फैलने लगती है। पन्द्रह मिनट के भीतर #रेडियोकोसीप्लीज ट्रेंड करने लगता है। गूगल सर्च में रेडियो कोसी के नाम से दस्तक टीवी की रिपोर्ट मिलती है और सहरसा के लोकल अखबारों में छपी कुछ खबरें, जिसमें रेडियो कोसी को अवैध बताकर इसे बन्द कराने के जिला प्रशासन के अफसरों के बयान हैं। सोशल मीडिया में यह सवाल चर्चा में आ जाता है कि आखिर क्यों इतनी बड़ी ताकत को बन्द कराने में सरकार और प्रशासन के लोग जुटे हैं?

उधर पटना में भी सरकार के हाथ-पाँव फूले हुए हैं। जल-संसाधन विभाग के कंट्रोल रूम में सीएम खुद आकर बैठ गए हैं। बराहक्षेत्र में पल-पल का डिस्चार्च रिकॉर्ड किया जा रहा है। एनडीआरएफ की कुछ टुकड़ियों को हेलीकॉप्टर से भेजा जा रहा है। विशेषज्ञों के पैनल से राय ली जा रही है। आपदा प्रबन्धन विभाग के सचिव माथे से पसीना पोंछ रहे हैं। टीवी चैनलों से मिली खबर ही उनके लिए भी उम्मीद की आखिरी किरण है। रेडियो कोसी। सौ रुपये में बना रेडियो स्टेशन कोसी को तबाह होने से बचा सकता है। मगर वह लड़की अड़ गई है। कोसी के किनारे जो कुछ हो रहा है, उसकी पल-पल की रिपोर्टिंग हो रही है। सबसे बड़ा रेस्क्यू ऑपरेशन बिना टीवी फुटेज के कवर किया जा रहा है। केवल ऑडियो बाइट हैं।

इस बीच डीएम के पास सीएम का फोन आता है, "क्या बच्चे मान गए?"

डीएम दीपा की तरफ देखकर कहते हैं, "क्या कहूँ मैडम? सीएम साहब लाइन पर हैं।"

इस बार आखिरकार दीपा सहमति में सिर हिला देती है। वह कहती है, "भीतर हमारे ही लोग हैं। आप नहीं भी कहते तो हम उन्हें बचाने की कोशिश जरूर करते। मगर आप लोग खुद सोचिएगा कि आप हमारे साथ कैसा बर्ताव करते हैं।"

दीपा की सहमति सुनकर सभी राहत की साँस लेते हैं। मीडिया वाले भी झट से इस खबर को अपने-अपने चैनलों में भेज देते हैं। इधर प्रह्लाद पहले से ही पूरा सिस्टम सेट करके बैठा है।

सीएम कहते हैं, "फोन चालू रखिए, मैं ही अनाउंस करूँगा।"

प्रह्लाद माइक आगे बढ़ा देता है।

सीएम कहते हैं, "कोसी तटबन्ध के अन्दर रहनेवाले मेरे राज्य के बाशिंदो! हम लोग एक बड़े खतरे में फँस गए हैं। नेपाल में हुई जोरदार बारिश की वजह से अचानक कोसी नदी में बहुत सारा पानी आ रहा है। हमारे तकनीकी एक्सपर्ट बता रहे हैं कि डिस्चार्ज नौ से दस लाख क्यूसेक तक हो सकता है। यह पानी तीन से चार घंटों के भीतर आपके घरों तक पहुँच जाएगा। बचने का एकमात्र तरीका है कि आप जिस हालत में हैं, अपने साधनों से गाँव छोड़ दें। हमारे पास अभी तत्काल इतनी बोट नहीं हैं कि एक फीसदी लोगों को भी बाहर ला सकें। मगर हम जानते हैं कि आपके गाँवों में नावों की कमी नहीं है। मैं बस इतना अनुरोध कर रहा हूँ कि जल्द से जल्द तटबन्ध पर आ जाएँ। हम यहाँ आपके एक हफ्ता गुजारने के लायक व्यवस्था कर रहे हैं।"

सीएम का सन्देश सुनते ही कोसी के गाँवों में खलबली मच जाती है। लोग रेडियो लिये ही निकल पड़ते हैं। नाव खोल-खोलकर नदी में डाल दी जाती है। एक झोले में जितना जरूरी और बहुमूल्य सामान आ सकता है, उतना लेकर लोग नाव पर सवार होने लगते हैं।

सीएम का सम्बोधन जारी है, "मैं शुक्रगुजार हूँ इन युवाओं का जिन्होंने आपके इलाके में रेडियो कोसी जैसी सुविधा को कायम रखा है, जिसकी वजह से आज आप सबों तक एक साथ सन्देश पहुँचाना मुमकिन हुआ। वरना क्या होता, इसका हमें अन्दाजा भी नहीं था। मैंने सुना है कि इतने अच्छे प्रयोग को अवैध बताकर महीनों से इसे बन्द कराने की कोशिश की जा रही थी। मैं इसके लिए माफी माँगता हूँ। मैंने कानून में ऐसे प्रावधान कराने की कोशिश करूँगा जिससे यह प्रयोग जारी रहे।"

भीषण जल-प्लावन की बात सुनकर अपने घरों से बदहवास निकल रहे लोग भी इस अनाउंसमेंट को सुनकर तालियाँ बजाने लगते हैं।

सीएम कह रहे हैं, "मैं जानता हूँ कि आपका इलाका दशकों से उपेक्षित रहा है। अगर मैं यह कहूँ कि मैं इसके बारे में सोचता रहा हूँ तो यह झूठ होगा। सरकारों ने आप लोगों को इग्नोर किया है, मगर कहते हैं न, हादसे कई बेहतर उम्मीदों को साथ में लेकर आते हैं। मैं वादा करता हूँ कि अब यह इलाका उपेक्षित नहीं रहेगा। अलग तरीके से, आप लोगों की राय से इसे भी विकसित बनाया जाएगा।"

टीवी रिपोर्टरों के मोबाइल के जरिये बिहार के सीएम की आवाज टीवी चैनलों में गूँज रही है। टैग लगा है, रेडियो कोसी लाइव। नावें तटबन्ध तक पहुँचने लगी हैं, लोग उतरते हैं और नावें लौट जाती हैं। भीमनगर से कोपड़िया तक और पश्चिम में कुशेश्वरस्थान तक एक ही जैसा नजारा है। अभी पानी आने में एक घंटे से अधिक का वक्त है, आधे से अधिक इलाका खाली हो चुका है। लगता है, जंग जीत

ली गई है। आशंका के बादल छँट रहे हैं, ऐसा एक न्यूज चैनल का फ्लैश बता रहा है।

एक लोकल चैनल का ओवी बैन अभी-अभी स्पॉट पर पहुँचा है। पहली तसवीरें फ्लैश हो रही हैं। कुछ डायोड और कंडेंसर से बने छोटे-से इक्वीपमेंट को लिये प्रह्लाद रेत पर बैठा है। सीएम के भाषण के बाद डीएम साहब लगातार माइक पकड़े अनाउंस कर रहे हैं। सिहरन की वजह से तमाम अधिकारियों के रोएँ खड़े हो गए हैं। ओवी बैन को देखकर दीपा अपना दुपट्टा उतारती है और उस पर सिंदूर से लिख देती है : 'रेडियो कोसी, 83.7 लाइव।' दोनों हाथ से उसे पकड़कर प्रह्लाद के पास खड़ी हो जाती है। अगले कई दिनों तक सोशल मीडिया में यह तसवीर तैरती रहती है।

छह महीने बाद

बड़ी आपदाएँ बुरे से बुरे इनसान के मन को निर्मल भावनाओं से भर देती है। कोसी वाली आपदा के दिन भी वही हुआ। तीन घंटे में कोसी तटबन्ध के भीतर बसे तीन सौ गाँवों को खाली कराने की कोशिश में डीएम से लेकर सीएम तक, सभी लोगों ने कई बड़े वायदे किये। रेडियो कोसी की एक अपील पर पूरा इलाका खाली हो गया। पानी आया मगर उसकी भयावहता इतनी नहीं थी। एहतियातन तीन महीने लोग बाँध के किनारे ही रहे। वहाँ रेडियो कोसी भी बजता रहा।

तीन माह बाद जब वे लोग लौटने लगे तो डीएम साहब ने प्रह्लाद और दीपा को बुलवा लिया और कहा, "पटना से मैसेज आया है, रेडियो कोसी को लीगलाइज करने का। इसका एक प्रोसेस है। आप लोगों को तीन सौ गाँवों के दस-पन्द्रह प्रमुख लोगों को जोड़कर एक कमेटी बनवानी पड़ेगी। फिर उस कमेटी को मेरे पास रजिस्टर्ड कराना होगा। यह एक एनजीओ होगी जो रेडियो कोसी के संचालन की जिम्मेदारी लेगी। फिर रेडियो कोसी को आप अपने हिसाब से चलाइएगा। फिलहाल जब तक यह होता नहीं है, आप तब तक प्रसारण बन्द कर दीजिए।" डीएम ने उन्हें एक फार्मेट भी दिया।

तब से तीन महीने हो चुके हैं। रेडियो कोसी का प्रसारण बन्द है। पहले बड़ी मुश्किल से पन्द्रह लोगों का नाम तय हुआ। अब उनका

पहचान-पत्र और वोटर आइडी बन रहा है। फिर एनजीओ रजिस्ट्रेशन की प्रक्रिया शुरू होगी। प्रह्लाद इसी कोशिश में मारा-मारा फिर रहा है। गर्भवती दीपा टेपरिकॉर्ड पर गाने सुनती रहती है। फौजी अभय सिंह मास्साब को कहते हैं, "जिसको गोली से मारना मुश्किल है, उसको कानूनी पेच में उलझा दो। सामनेवाला सालों फँसा रहेगा। उसको समझ ही नहीं आएगा, वह कब मर गया।"

तटबन्ध के पिंजरे में लाखों जिन्दगानियाँ

[यह आलेख उपन्यास का हिस्सा नहीं है, बल्कि उस जगह की हकीकत बयानी है जिस पृष्ठभूमि पर यह उपन्यास रचा गया है। यह आलेख इस उपन्यास के लेखक ने कुछ साल पहले लिखा था। इसे यहाँ उन लोगों की सहूलियत के लिए दिया जा रहा है जो इस उपन्यास की दुनिया को और बेहतर तरीके से जानना चाहते हैं।]

यह उन लाखों कोसी वासियों के दुख की कहानी नहीं है, जिन्होंने 2008 में कुछ महीने कोसी की बल खाती लहरों के थपेड़ों के बीच गुजारे बल्कि यह उन दूसरे लाखों लोगों की दास्तान है जो चालीस साल से इस नदी के थपेड़ों से जूझ रहे हैं। बाढ़ से मुक्ति के नाम पर हुए प्रयोग में सरकार ने इस नदी को जब तटबन्धों के बीच कैद किया तो उस पिंजरे से वह इन लाखों लोगों को बाहर निकालना भूल गई। पिछले पचास से अधिक सालों से पिंजरा बन्द है और सामने भूखी बाघिन। लोग बार-बार पिंजरे के उस कोने में दुबकने की कोशिश करते हुए जी रहे हैं जहाँ बाघिन का झपट्टा या उसकी निगाह न पहुँचे। यह दास्तान उन्हीं लाखों कोसी पीड़ितों की है।

18 अगस्त, 2008। पंचास से अधिक सालों से तटबन्धों के बीच कैद कोसी नदी ने खुद को इस कैद से पूरी तरह आजाद कर लिया और बिलकुल नये इलाके में बहने लगी। पूरी की पूरी 1 लाख 71 हजार क्यूसेक जल-प्रवाह वाली इस नदी ने सिल्ट से भर चुके अपने पुराने रास्ते और 16 फीट ऊँचे तटबन्ध को तोड़कर नया रास्ता बना लिया—यह सोचे बगैर कि उस राह में खेत है या मकान है या कस्बा है या गाँव। यह सोचना उसका काम था भी नहीं, यह तो सरकारों, नीति-नियंताओं और उन्हें लागू करने और उनकी देखभाल करनेवाले अभियंताओं का काम था। मगर उन लोगों ने पिंजरे में बन्द बाघिन को वैसी सुविधाएँ नहीं दीं जिससे उसका मन पिंजरे में लगा रहे (वैसे किसका मन पिंजरे में लगता है, आजादी किसको प्यारी नहीं होती), तो उस बाघिन का बाहर निकल आना तो इसी बात पर निर्भर था कि वह कब पिंजरे को तोड़ पाती है। बहरहाल ऐतिहासिक आपदा आई और छह-सात महीने तक उत्तर-पूर्वी बिहार के तकरीबन साढ़े पाँच सौ गाँवों में ठहरी रही। आपदा बड़ी खबर बनी और उस खबर ने करोड़ों की राहत सामग्री और हजारों मददगारों

को आमंत्रित किया। वैसे तो जब लोग मुसीबत में हों तो ऐसी बातें करना उचित नहीं होता, मगर कोसी नदी के सबसे बड़े विशेषज्ञ दिनेश कुमार मिश्र ने उस वक्त ही यह सवाल उठा दिया कि क्या यह मदद उन साढ़े तीन सौ गाँव के लोगों को मिल पाएगी जहाँ अगले साल ऐसी ही बाढ़ आएगी और हर साल बाढ़ आती ही है? बाढ़ जिनके जीवन में एक आपदा या एक घटना न होकर स्थायी उपस्थिति के रूप में एक रूटीन के रूप में दर्ज हो गई है। जैसे मार्च में होली आती है, अप्रैल में गर्मियाँ शुरू होती हैं, जून-जुलाई में मानसून शुरू होता है, अक्टूबर-नवम्बर में विजयादशमी, दीपावली और छठ, वैसे ही अगस्त में बाढ़। उनके लिए अगस्त का महीना बाढ़ का महीना होता है और इससे लड़ने के लिए वे जून-जुलाई से ही तैयारियाँ शुरू कर देते हैं। बाढ़ का पानी जब तक उतरता नहीं, वे टापुओं की तरह अपने-अपने घरों में दुबके रहते हैं, सारा काम नाव से करते हैं। बाहरी दुनिया से बस जरूरत भर का सम्पर्क होता है। अक्टूबर में जब पानी उतरने लगता है तो दुर्गा माँ के स्वागत की तैयारियों के साथ उनके जीवन का सवेरा शुरू होने लगता है।

यह कहानी एक-दो गाँव की नहीं, पूरे साढ़े तीन सौ गाँव की है और यहाँ आपका ध्यान खींचना चाहूँगा कि साढ़े तीन सौ और साढ़े पाँच सौ की संख्या में ज्यादा फर्क नहीं होता। इन्हीं साढ़े पाँच सौ गाँवों को बाढ़ की आपदा से बचाने के लिए कोसी नदी के दोनों किनारों को ऊँचे तटबन्धों से बाँधा गया है और उन तटबन्धों के बीच साढ़े तीन सौ गाँव भी कैद हो गए हैं, जिन्हें हर साल उसी बाढ़ की आपदा को झेलता पड़ता है। आप सोचते होंगे कि सरकार ने कम-से-कम दो सौ गाँवों को तो बचा लिया। जी नहीं, आप गलत सोचते हैं। तटबन्ध बनने के बाद जो नदियाँ कोसी में मिलती थीं, वह अब इस नदी में मिल नहीं पातीं, लिहाजा तटबन्धों के दोनों किनारों में पूरे साल जल-जमाव का नजारा होता है और इस जल-जमाव में 4.26 लाख हेक्टेयर जमीन डूबी रहती है। यहाँ उल्लेखनीय तथ्य यह है कि कोसी तटबन्ध परियोजना का लक्ष्य कुल 2.14 लाख हेक्टेयर जमीन को बाढ़ से बचाना था।

इतना सब कुछ जानने के बाद यह सवाल सहज ही मन में उठता है कि आखिर ऐसी विषम परिस्थितियों में ये लोग रहते ही क्यों हैं? क्या इनका पुनर्वास नहीं हुआ? इसका जवाब है कि इन लोगों के साथ पुनर्वास के नाम पर जो कुछ हुआ, वह एक धोखा साबित हुआ। सरकार ने बहुजन हिताय के नाम पर इनसे जो कुर्बानी ली, उसने इन लाखों लोगों की जिन्दगी तबाह कर दी। आज जो कुछ नर्मदा घाटी में हो रहा है, उससे कहीं बड़ी

त्रासदी है कोसी पीड़ितों की कहानी। कोसी के लाखों लोगों के साथ हुआ यह अभियांत्रिकी प्रयोग कहीं अधिक हृदय विदारक है। मगर आज भी यह कहानी सात पर्दों के पीछे छुपी है।

देश की दूसरी नदियों की तरह कोसी का स्वभाव शान्त और निर्मल नहीं है। इसके स्वभाव में अल्हड़पन और मतवालापन अधिक है। वर्तमान में यह नदी जहाँ बहती है, महज 150 साल पहले वह यहाँ से 100 किलोमीटर पूर्व में बहा करती थी। इसके बाद से वह हर 20-25 साल पर अपना रास्ता बदलकर पश्चिम की ओर खिसकती रही और इस दौरान इस इलाके में भारी तबाही मचाती रही। कोसी नदी के इस व्यवहार के पीछे इस नदी द्वारा लाए गए सिल्ट की अधिकतम बताई जाती है। इस नदी में मौजूद सिल्ट की मात्रा के बारे में एक ब्रिटिश वैज्ञानिक एफसी हर्स्ट ने 1908 में कहा था : "कोसी नदी हर साल लगभग 5 करोड़ 50 लाख टन गाद लाती है और मेरा अनुमान है कि इसमें से 3.7 करोड़ टन गाद वह अपने आस-पास के इलाके में डाल देती है। 3.7 करोड़ टन गाद का मतलब, लगभग 1.96 लाख घनमीटर होता है।"

हर वर्ष इतनी मात्रा में गाद लाने के कारण नदी की पेटी बहुत जल्द ऊँची हो जाती थी और मजबूरन उसे अपना रास्ता बदलकर निचले इलाके में बहने के लिए मजबूर होना पड़ता था। बहरहाल नदी के इस स्वभाव के कारण स्थानीय लोगों को भारी तबाही का सामना करना पड़ता था। इसके अलावा सालों-साल आनेवाली बाढ़ और इसके कारण फैलनेवाली हैजा, मलेरिया और कालाजार जैसी बीमारियाँ अलग थीं। त्रस्त जनता अपने नेताओं से इसकी गुहार लगाती और नेता इस गुहार को केन्द्रीय प्रशासन तक पहुँचाते। ब्रिटिश सरकार तो इस समस्या के समाधान के प्रति जरा भी इच्छुक नहीं थी। उन्हें जनता के दुख दूर करने के लिए करोड़ों खर्च करने की क्या पड़ी थी? ऐसे में जब भारत आजाद हुआ और देश की कमान पं. जवाहरलाल नेहरू जैसे संवेदनशील और वैज्ञानिक दृष्टिकोण वाले नेता ने सँभाली तो कोसी वासियों में उम्मीदें जगीं कि पंडित जी उनकी इस समस्या का कोई न कोई हल जरूर निकालेंगे।

जब समस्या उनकी निगाह में लाई गई तो इसके बेहतर समाधान के रास्ते तलाशे जाने लगे। उस समय कई विकल्पों पर विचार किया गया और अन्ततः इस समाधान पर सहमति बनी कि भारत-नेपाल सीमा पर भीमनगर कस्बे के पास कोसी नदी पर एक बराज बनाया जाए और इस अल्हड़

नदी को दो तटबन्धों के बीच गिरफ्तार कर लिया जाए। फिर जैसाकि आम तौर पर ऐसी खर्चीली इंजीनियरिंग आधारित समाधानों के साथ होता है, इस परियोजना से कुछ अन्य फायदों की गुंजाइश निकाली गई। यानी पूर्वी और पश्चिमी कोसी नहर परियोजनाएँ जिससे तकरीबन 10 लाख हेक्टेयर भूमि की सिंचाई का लक्ष्य रखा गया था और इसके अलावा सुपौल जिले के कटैया में 16 मेगावाट क्षमता वाली जल विद्युत परियोजनाएँ।

कागज पर यह परियोजना इतनी सम्मोहक थी कि अभियंताओं और देश के नीति-नियंताओं ने इसके नफा-नुकसान का बारीकी से आकलन किए बगैर इसे मंजूरी दे दी। पहले तो स्थानीय लोगों को लगा कि इस परियोजना से उनके दिन फिर जाएँगे, पूरा इलाका पंजाब-हरियाणा की तरह हरा-भरा होगा और खेत सोना उगलेंगे। मगर उनकी यह आस छलावा साबित हुई। आज की तारीख में परियोजना शुरू होने के 57 साल बाद भी पश्चिमी कोसी नहर परियोजना का एक-चौथाई काम भी पूरा नहीं हुआ है, इसकी लागत जरूर हर साल बढ़ती गई है। यह परियोजना अपने लक्ष्य के 7 फीसदी से भी कम जमीन की सिंचाई कर पाती है। पूर्वी कोसी नहर परियोजना भी कुछ हद तक ही सफल हो पाई है। इस परियोजना का काम पूरा हो चुका है, मगर इसके बावजूद यह अपनी क्षमता के 20 फीसदी भूभाग की ही सिंचाई कर पाती रही है, मगर हाल के दिनों में नहरों में इतना बालू भर गया है कि पिछले एक दशक से इन नहरों से सिर्फ बाढ़ का पानी आता है, सिंचाई नहीं हो पाती। हाँ, हर साल नहर से सिंचाई की लागत वसूलनेवाली सरकारी पर्ची जरूर आ जाती है और इसका भुगतान न करने पर जमीन के मालिकाना हक से महरूम करने का खतरा बना रहता है। कटैया विद्युत परियोजना बालू भर जाने के कारण बन्द ही रहती है।

अब कुछ बातें बाढ़ नियंत्रण की, जो इस परियोजना का प्रमुख लक्ष्य रहा है। नदी को बाँधनेवाला तटबन्ध अपने निर्माण के बाद के 47 सालों में कई बार टूट चुका है, जिसके कारण सैकड़ों गाँव तबाह होते रहे हैं। इसके अलावा इन तटबन्धों के कारण होनेवाले जल-जमाव से 4.26 लाख हेक्टेयर जमीन लगभग पूरे साल डूबी रहती है, जबकि इस परियोजना का लक्ष्य 2.14 लाख हेक्टेयर जमीन को बाढ़ से सुरक्षा देना रहा है। लगभग पचास साल पहले पूरी हुई इस परियोजना का हिसाब-किताब आज की तारीख में कौन ले? मगर हद तो इस बात की है कि इस उदाहरण से आज की तारीख में सबक सीखने के लिए भी कोई तैयार नहीं।

यह तो कोसी परियोजना की विडम्बना की कहानी है जिसके बारे में श्री दिनेश कुमार मिश्र ने अपनी किताब 'दुई पाटन के बीच में' में विस्तार से लिखा है। यह किताब मूलत: उन्हीं लाखों लोगों के कष्टमय जीवन के बारे में है जो कोसी नदी के दो पाटों यानी तटबन्धों के बीच में फँसे हैं। तटबन्ध निर्माण के वक्त जैसाकि राजनेता किया करते हैं, उन्होंने लोगों को गोल-मटोल लहजे में आश्वासन दिया कि इस परियोजना से जो भी लोग प्रभावित होंगे, सरकार उन्हें बेहतर जमीन और बेहतर पुनर्वास उपलब्ध कराएगी। पचास साल पहले के लोगों के लिए पुनर्वास की तिकड़में अनजानी थीं, उन्होंने सहज विश्वास कर लिया। जब पुनर्वास की बारी आई तो सरकार ने बड़ा ही रोचक समाधान तैयार किया। इसके मुताबिक तटबन्ध के अन्दर जो जमीन है, वहाँ बाढ़ की समस्या साल में सिर्फ तीन महीने रहेगी, यानी वहाँ की जमीन पर खेती करने में कोई परेशानी नहीं। ऐसे में लोगों को न तो वहाँ की जमीन का मुआवजा मिलेगा और न ही उसके बदले में जमीन। हाँ, उनके घरों के बदले कुछ लोगों को जमीन उपलब्ध कराई गई और कुछ लोगों को घर के बदले दो किस्तों में नकद मुआवजा देने की बात कही गई। जिन लोगों को जमीन दी गई, उनकी जमीन तटबन्ध के कारण देर-सवेर जल-जमाव का शिकार हो गई और जिनसे मुआवजा का वादा किया गया, उनमें से अधिकांश को मुआवजे की एक किस्त से ही सन्तोष करना पड़ा। इसके बाद आनेवाले समय में लोगों की समझ में आया कि अगर खेत घर से पाँच किलोमीटर की दूरी पर भी हो तो खेती करना और फसल की रक्षा कर पाना बहुत कठिन व्यवसाय साबित होता है। ऐसे में कुछ लोगों ने अपने पैतृक जमीन को औने-पौने दाम में बेचकर दिल्ली-पंजाब की राह पकड़ ली और बाकी लोग पुनर्वास में मिली जमीन का मोह त्यागकर वापस उसी नर्क में पहुँच गए जहाँ उनकी आजीविका का साधन उनके खेत थे।

ऐसे लोगों के लिए अब सामने नदी थी और माथे पर सवार उनकी किस्मत। सरकार तो इतनी दूर थी कि उनसे भेंट-मुलाकात छठे-छमाही ही हो पाती। लिहाजा एक अजीब-सी स्थिति पैदा हुई। तटबन्धों के बीच जहाँ लाखों लाचार लोग रह रहे हैं, वहाँ न तो स्कूल हैं, न बिजली, न डाकघर, न फोन-मोबाइल और अस्पताल व थाना-पुलिस भी नहीं। यानी इक्कीसवीं सदी की शुरुआत में वहाँ सोलहवीं सदी का नजारा देखा जा सकता है। सवारी के नाम पर घोड़ा, बैलगाड़ियाँ और नाव। हर चार-पाँच साल में या तो बाढ़ उनके आशियाने को उजाड़ देती है या फिर नदी से आनेवाला बालू उनके घरों को

भरकर रहने लायक नहीं छोड़ता। लिहाजा विस्थापन-दर-विस्थापन। तटबन्धों के अन्दर कई ऐसे परिवार हैं जो सत्रह बार विस्थापित हो चुके हैं। वहाँ रात के वक्त अगर कोई गम्भीर रूप से बीमार पड़ जाए तो उसका भगवान ही मालिक होता है, क्योंकि सुबह होने से पहले उस पिंजरे से निकल पाने का न तो रास्ता होता है और न ही लोगों में उस अँधेरे बियाबान में निकलने की हिम्मत। आपस के झगड़े लोग खुद सुलझाते हैं। चूँकि वहाँ पुलिस नहीं है, ऐसे में ताकतवर ही अक्सर सही साबित होता है। बार-बार आनेवाली बाढ़ के कारण खेतों का सीमांकन मिट जाता है, फिर फैसला ताकत के जोर पर होता है। फिर भी लोग रहते हैं, क्योंकि दूसरा कोई बेहतर विकल्प नहीं है। सरकार उन्हें अक्सर भूल जाती है। जब याद आती है तो उसका तर्क यही होता है कि इन लोगों ने अपनी मर्जी से वहाँ रहने का फैसला किया है, हमने तो उनका बेहतर पुनर्वास किया था। अब अगर वे वहाँ रहने के बदले यहाँ रह रहे हैं तो जरूर उन्हें यहाँ फायदा नजर आ रहा होगा।

अगस्त, 2008 में जब नदी ने अपना रास्ता बदल लिया तो इस इलाके के लोग काफी खुश हुए कि नदी ने उन्हें बख्श दिया है, अब दुबारा लौटकर उनके गाँव नहीं आएगी। मगर एक बार फिर समाधान के मसले पर इन लोगों के बदले इंजीनियरों की चली और नदी को फिर से सफलतापूर्वक इन्हीं तटबन्धों के बीच बहने को मजबूर कर दिया गया। अब सरकार इन तटबन्धों पर पक्की सड़कें बनवा रही है, ताकि आवागमन की सुविधा हो और तटबन्धों की बेहतर निगरानी की जा सके। मगर इस अभियान में उन हजारों लोगों के घर उजड़ रहे हैं, जो बार-बार के विस्थापन से परेशान होकर अपने इलाके से सबसे सुरक्षित स्थान माने-जानेवाले इन तटबन्धों पर ही झोंपड़ियाँ बनाकर बस गए थे। खैर, उनका क्या? उन्हें तो उजड़-उजड़कर बसने की आदत हो चुकी है। सरकार इसी तरह लोगों की भलाई के नाम पर ठेका कम्पनियों और इंजीनियरों का घर बसाती रहे।